無敵君臨
무적군림

임영기 新무협 판타지 소설

FANTASTIC ORIENTAL HEROES

무적군림 11

임영기 新무협 판타지 소설

초판 1쇄 찍은 날 § 2011년 12월 27일
초판 1쇄 펴낸 날 § 2012년 1월 2일

지은이 § 임영기
펴낸이 § 서경석

편집부장 § 권태완
편집 § 주소영

펴낸곳 § 도서출판 청어람
등록번호 § 제1081-1-89호
등록일자 § 1999. 5. 31
어람번호 § 제2-2190호

주소 § 경기도 부천시 원미구 심곡2동 163-2 서경B/D 3F (우) 420-822
전화 § 032-656-4452 팩스 § 032-656-4453
http://www.chungeoram.com
E-mail § chungeoram@chungeoram.com

ISBN 978-89-251-2732-3 04810
ISBN 978-89-251-2556-5 (세트)

目次

第百十五章
성스러움

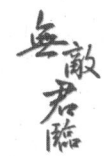

　지상을 향해서 쏘아 오르던 태무랑 일행은 지하 오층에 이르렀을 때 예상치도 못했던 인물과 마주쳤다.

　'삼장로!'

　그 인물을 발견한 순간 태무랑의 눈에서 거센 불꽃이 확 뿜어졌다.

　계단을 내려오다가 우뚝 멈춰서 놀라는 표정을 짓고 있는 자는 틀림없는 무극신련의 삼장로다.

　과거 흑풍창기병이었던 태무랑은 돌궐족 혈랑전대에게 패해서 도주하다가 극도의 피로와 허기를 견디지 못하고 사막에서 혼절하고 말았었다.

이후 정신을 차렸을 때 그는 '지옥'에 갇혀 있었고, 그가 제일 먼저 본 인물이 삼장로였다.

그때부터 그의 인생에서 가장 처절했던 지옥 생활이 시작됐다.

그 당시에 그가 지옥에서 가장 많이, 그리고 오래 접한 인물이 삼장로였다.

단유천과 옥령에게 불려나가 무완롱이 되어 두들겨 맞는 것은 며칠에 한 번 꼴이었다.

하지만 삼장로는 하루에 여러 차례 태무랑이 갇혀 있는 석실을 드나들었으며, 그에게 온갖 위험한 약재를 먹이고 또 시험을 가했었다.

애당초 금강불괴치체계획이라는 얼토당토않은 짓을 추진한 것은 단유천이었다.

하지만 태무랑을 가장 많이 괴롭힌 자는 삼장로였다. 오죽했으면 고통이 극에 달했을 때 태무랑은 하루에도 몇 번이나 죽고 싶다는 생각이 들었다.

그리고 마지막에 삼장로는 태무랑을 정말로 죽였다. 그리고는 그 상태에서 금강불괴지체가 되었는지 정말로 죽었는지 확인하기 위해서 죽은 그의 온몸에 무참하게 난도질을 가했다.

그랬던 삼장로를 사 년여 만에 이곳에서 실로 우연찮게 맞
닥뜨린 것이다. 태무랑에게 있어서 삼장로는 단유천만큼이
나 원한이 골수에 맺혀 있다.

하지만 삼장로는 태무랑을 전혀 알아보지 못했다. 그가 너
무나 많이 변해 버렸기 때문이다.

그리고 그에게는 태무랑이 그저 스쳐 지나간 한 마리 벌레
같은 존재였을 뿐이다. 벌레를 오랫동안 기억하는 사람은 없
다.

삼장로는 낯선 침입자들이 아래쪽에서 무서운 속도로 쏘
아 오르자 움찔 놀라며 그 자리에 멈춰 섰다.

그는 이 년여 전부터 무령왕과 소천군 등을 직접 관리하고
있으면서도 그들을 알아보지 못했다. 무령왕 등이 이 년여 전
의 모습을 되찾았기 때문이다.

그는 태무랑 등을 상대하려고 하지 않았다. 그들의 경공을
보고는 하나같이 자신보다 고강하다는 것을 간파했기 때문에
상대할 엄두가 나지 않았다.

그래서 그는 멈추자마자 다급히 몸을 돌려 계단 위로 도망
치기 시작했다.

하지만 그는 채 세 계단도 오르기 전에 움찔 놀라면서 급히
멈출 수밖에 없었다.

"헛!"

어느새 그의 앞을 태무랑이 태산처럼 우뚝 가로막고 있었기 때문이다.

휘잉!

삼장로는 달려 올라가면서 앞뒤 잴 것 없이 즉시 태무랑을 향해 쌍장을 발출했다.

그런데 태무랑이 우뚝 선 채 피하지도 않자 한편으론 의아해하면서도 내심 쾌재를 불렀다.

태무랑이 얼마나 고강한지는 모르지만 자신의 쌍장을 정통으로 적중당하고도 무사할 것이라고는 생각하지 않았기 때문이다.

그래서 태무랑이 쓰러질 때를 이용해서 계속 도망칠 수 있을 것이라고 자신했다.

하지만 그는 자신의 생각이 틀렸다는 사실을 깨닫는 데 한 호흡도 걸리지 않았다.

그가 발출한 쌍장이 중간에서 흔적도 없이 사라져 버렸고, 태무랑은 아무것에도 적중당하지 않았다.

달려 올라가던 삼장로는 움찔 놀라며 신형을 멈추었다. 그러면서도 그의 오른손은 재빨리 품속으로 들어갔다가 나오면서 태무랑을 향해 뿌려졌다.

한 자루 단검이 은광을 번뜩이며 태무랑에게 쏘아갔다. 하지만 이번에도 그는 피하지 않았다.

단검은 정확하게 태무랑의 심장 부위에 적중됐다. 삼장로는 그것을 똑똑히 보았다.

쨍!

그러나 단검은 마치 쇠에 부딪친 것처럼 튀어나왔다. 삼장로는 그것도 똑똑히 보았다.

'금강불괴지체!'

순간 그는 눈이 찢어질 듯이 부릅떠지고 입이 쩍 벌어졌다. 그가 수년 동안 심혈을 기울였어도 번번이 실패로 끝나고 말았던 금강불괴지체를 지금 눈앞에서 생생하게 목격하고 있기 때문이다.

너무나 놀라고 충격을 받은 나머지 삼장로는 도망쳐야 한다는 사실마저도 망각한 채 태무랑을 쳐다보았다.

"너는… 누구냐?"

태무랑은 싸늘하게 미소 지었다.

"내가 누구일 것 같으냐?"

태무랑 일행은 무사히 자금성을 빠져나와 신풍장으로 돌아왔다. 물론 삼장로도 산 채로 잡아왔다.

태무랑은 이 년여 만에 만난 가족과 같은 사람들과의 회포를 푸는 것이 더 중요하기 때문에 일단 삼장로를 어느 방에 가둬놓았다.

삼장로는 손가락 하나 까딱하지 못하는 상황에서 온갖 상상력을 동원하여 도대체 태무랑이 누군지, 어떻게 해서 금강불괴지체를 이룬 것인지에 대해서 머리가 터지도록 궁리를 할 것이다.

물론 해답을 얻지는 못하겠지만. 태무랑이 예전의 흑풍창기병일 것이라고는 꿈에서도 상상하지 못하리라.

어쩌면 요행히 무령왕과 소천군의 이 년여 전 모습을 떠올려서 그들이 누군지 기억해 낼 수도 있을 것이다.

설사 그렇더라도 그들을 구한 태무랑이 누군지는 여전히 모를 것이다.

미료는 이날까지 살아오면서 지금처럼 놀란 적이 없었다.

지금 그녀가 바라보고 있는 인물들은 실로 어마어마한 거물들이다.

한 사람은 천하가 인정하는 천하제일인이고, 다른 한 사람은 화명군이 권좌에서 쫓겨나면 대명제국의 황제가 될 가장 유력한 황위 계승자, 즉 무령왕이기 때문이다.

그러나 그보다 더욱 놀라운 일은 태무랑이 무령왕에게는 아버님이라고, 천하제일인에게는 할아버님이라고 부른다는 사실이었다.

그리고 그것보다 훨씬 더 놀라운 일이 방금 일어났다. 무령왕과 천하제일인, 비한, 가빈, 옥령과 함께 탁자 둘레에 앉아 있던 태무랑이 미료와 한천궁주를 부른 것이다.

"누나, 미료, 이리 와서 인사드려."

두 여자는 자신들의 귀를 의심했다. 그녀들은 자신의 생애에서 천하제일인과 무령왕에게 인사를 할 수 있는 기회가 오게 되리라곤 꿈에서도 생각해 본 적이 없었다.

그렇게 해서 두 여자도 합석했다. 그리고 그때부터 본격적인 연회가 시작됐다.

무령왕이 신풍장에 도착해서 제일 먼저 한 일은 자신의 딸 수월화에 대해서 태무랑과 대화한 것이다.

하지만 무령왕은 수월화에 대해서 알고 있는 것이 전혀 없기 때문에 태무랑에게 해줄 얘기도 없다.

수월화는 이 년 전 자금성에 끌려온 후 지하 십층 무령왕 옆 석실에 며칠 동안 감금되어 있다가 어느 날 갑자기 끌려 나가더니 그 이후로는 감감무소식 돌아오지 않았다고 한다. 그것이 무령왕이 알고 있는 전부였다.

무령왕은 혹시 태무랑이 수월화를 구출했거나 그녀에 대한 소식을 알고 있을지도 모른다고 기대했다가 아무런 소득도 없다는 말을 듣고는 크게 실망하는 눈치였다.

하지만 그는 예전에도 그랬지만 지금은 더욱 태무랑에 대해서 배려하는 마음이 깊어졌다.

그래서 자신의 실망하는 마음을 내색하지 않으려고 애썼다. 또한 될 수 있는 한 수월화에 대한 말을 하지 않으려고도 노력했다.

그러나 그의 그런 노력하는 모습이 가끔씩 얼굴에 드러났기 때문에 그것이 태무랑의 마음을 괴롭혔다.

괴로운 심정을 달래려는 두 사람이 할 수 있는 일은 술을 마시는 것이다.

이 년여 만에 술맛을 보게 된 무령왕과 소천군 등은 허리띠를 풀고 실컷 마셨다.

이렇게 통음을 할 때는 아무도 공력을 사용하지 않고 순전히 자신의 주량대로만 마신다.

그런데 이곳에 있는 사람들은 미료 한 사람만 제외하곤 모두들 두주불사(斗酒不辭)의 주량이다.

미료는 지금까지 살아오면서 단 한 모금의 술도 마셔본 적이 없다. 이유는 하나, 돈이 아까웠기 때문이다.

얼마 전에 태무랑이 술을 줘서 몇 잔 마셔본 적이 있으나 너무 긴장하고 있었기 때문에 술맛도 느끼지 못했으며 취하지도 않았다.

하지만 오늘 밤의 미료는 돈을 아낄 필요도 없으며, 또 흥청거리는 분위기에 섞여서 난생처음 마시는 술인데도 다른 사람들과 비슷한 주량으로 마셔댔다.

술이 맛있고 또 술잔을 비울수록 기분이 점점 더 몽롱해지는 것이 너무나 좋았다.

옥령은 쉬고 싶다고 연회에 참가하지 않았다. 아마도 과거 자신의 신분 때문에 무령왕이나 소천군 등을 보는 것이 껄끄러워서 그러는 것이라고 태무랑은 이해했다.

낮에 볼일을 보러 외출했던 맹오와 군통, 철완개가 새벽 인시(4시)쯤에 돌아왔다.

그들은 태무랑의 전각에서 시끄러운 소리가 들리자 궁금한 표정을 지으면서 방으로 들어왔다.

그리고는 더욱 궁금한 표정을 지었다. 낯선 네 사람을 발견했으며, 한눈에도 그들이 범상치 않은 인물들이라는 사실을 간파했기 때문이다.

"이리 오게."

머뭇거리고 있는 그들을 태무랑이 인사를 시키려고 손짓해서 불렀다.

태무랑은 먼저 무령왕을 가리켰다.

"내 아버님일세."

맹오와 군통, 철완개는 태무랑의 가족사에 대해서 아는 바가 별로 없는 편이다.

하지만 맹오와 군통은 태무랑과 천산산맥까지 오랫동안

여행을 했었고, 그의 부인이나 다름없는 여자가 수월화라는 사실을 알고 있었기 때문에 혹시 무령왕이 태무랑의 장인이 아닐까 하고 짐작했다.

맹오와 군통은 즉시 무령왕을 향해 부복하며 이마를 바닥에 조아렸다.

"소인들이 무령왕 전하를 뵈옵니다."

철완개는 '무령왕 전하'라는 말에 소스라치게 놀라 그 자리에 고꾸라지듯이 펄쩍 엎어지며 절을 올렸다.

거나하게 취한 무령왕은 그들이 태무랑의 수하겠거니 생각하고 미소 지으면서 고개를 끄덕였다.

"일어나라."

맹오 등은 혹시 실수라도 하지 않을까 몹시 조심하면서 일어났다.

태무랑이 이번에는 소천군을 가리켰다.

"할아버님일세. 인사드리게."

맹오 등은 태무랑에게 조부가 있다는 말은 금시초문이다. 하지만 인사를 드리지 않을 수 없어서 황망히 깊숙이 허리를 굽혔다.

무령왕은 엄청난 신분 때문에 부복했으나, 소천군에게는 허리를 굽히는 정도로 충분하다고 생각했다.

"소인들이 어르신을 뵈옵니다."

벌겋게 취기가 오른 소천군은 흡족한 미소를 지으며 고개를 끄덕였다.

"오냐, 오냐."

맹오 등이 허리를 펴자 태무랑 왼쪽의 한천궁주 옆에 앉은 미료가 의미심장한 표정을 지으며 세 사람에게 물었다.

"당신들은 주인님의 할아버님이 누구신지 알고나 인사를 드린 건가요?"

당연히 모르고 인사한 맹오 등은 머쓱한 표정으로 아무 대답도 하지 못했다.

중인은 재미있다는 표정을 지으며 맹오 등을 지켜보았다.

미료는 그럴 줄 알았다는 듯 배시시 미소 지으면서 말해주었다.

"어르신께선 절정성협이십니다."

그러나 맹오 등은 멀뚱한 표정을 지으며 미료와 소천군을 번갈아 쳐다보았다.

'절정성협'이라는 별호를 어디선가 들은 것 같기는 한데 당황한 터라서 갑자기 누구인지 잘 생각이 나지 않았다.

그러다가 철완개가 갑자기 비명을 질렀다.

"앗!"

맹오와 군통은 어리둥절한 표정으로 철완개를 쳐다보았다.

혼비백산한 표정의 철완개는 그 자리에 엎어지며 부르짖
듯이 외쳤다.

"무, 무림말학… 철완개가 소 성협을 뵙습니다!"

그나마 철완개는 개방의 부분타주로 오랜 동안 활동을 했
기 때문에 강호의 경험이 많아서 절정성협이라는 별호를 듣
는 순간 정신이 번쩍 든 것이다.

물론 맹오와 군통도 '절정성협' 이 천하제일인이라는 것쯤
은 알고 있다.

하지만 태무랑의 조부가 천하제일인일 것이라고는 상상조
차 하지 않고 있었기에 멍하고 있는 것이다.

그러나 철완개가 '절정성협' 보다 훨씬 더 많이 알려진 '소
성협' 이라는 별호를 부르짖자 그제야 정신이 번쩍 들어 자빠
지듯이 그 자리에 부복했다.

소천군은 어수선한 것이 귀찮은 듯 슬쩍 손을 저어 무형지
기로써 맹오 등 세 사람을 일으켰다.

"그만 됐다. 어서 술이나 마시자."

태무랑은 이어서 비한과 가빈을 차례로 소개한 후에 맹오
등을 자리에 앉게 했다.

"자네들도 합석하게."

그러나 세 사람은 소스라치게 놀라서 미친 듯이 고개와 팔
을 저었다.

"어, 어이구! 저희들이 어찌 감히……."

"그… 런 말씀 마십시오."

그러나 비한과 가빈이 일어나서 자리를 마련하고 있었다. 그걸 보고 미료와 한천궁주는 신선한 충격을 받았다. 태무랑의 절친한 벗이라는 비한과 여동생인 가빈의 그런 스스럼없는 행동 때문이다.

그들의 그와 같은 행동은 갑자기 생긴 것이 아니라 오랜 세월 몸에 밴 습관 같은 것이다. 그렇다면 태무랑과 비한 등은 예전에도 사람을 대할 때 신분 같은 것을 전혀 따지지 않고 평등하게 어울렸다는 뜻이다.

그것 때문에 미료와 한천궁주는 조금 부끄러운 마음이 되어 자신들도 급히 일어나서 맹오 등의 자리를 챙겼다.

맹오와 군통은 미료와 무령왕 사이에, 철완개는 가빈과 한천궁주 사이에 앉았다.

그리고는 다시 술잔이 돌아갔다. 맹오 등은 몹시 긴장한 모습으로 좌불안석, 어쩔 줄을 몰라 했다.

하지만 비한과 가빈이 세 사람에게 미소 지으면서 친근하게 술을 권하고, 그렇게 한두 잔 마시다 보니 긴장이 조금씩 풀리면서 어색함도 누그러졌다.

그걸 보고 미료와 한천궁주도 배워서 옆에 앉은 맹오와 군통에게 연신 술을 권했다.

모두의 공통 화제는 이 년여 전 현도왕가에서 벌어진 싸움이었다.

그날의 싸움이 이들 모두와 화명군, 단유천의 운명을 바꿔 놓았기 때문이다.

"허허헛! 무랑아!"

자금성 지하 석실 십층에서 태무랑을 본 순간부터 줄곧 기분이 좋았던 소천군은 꽤 취하자 더욱 기분이 좋아서 자상하게 태무랑을 불렀다.

"네, 할아버님."

"어떻게 조화지경을 이루었느냐?"

그는 태무랑이 조화지경에 이르렀다는 사실을 그를 보는 순간 한눈에 알 수 있었다.

태무랑은 빙그레 미소 지었다.

"천산산맥에서 천원경에 들어갔습니다."

"오, 천원경!"

천원경이 무엇인지 알고 있는 사람은 소천군뿐이다. 그래서 그 혼자만 탄성을 터뜨렸다.

그리고 맹오와 군통은 태무랑과 함께 천원경이 있는 등격리산 바로 아래까지 함께 갔기 때문에 누구보다도 그것에 대해서 잘 알고 있다.

그들 세 사람을 제외한 중인은 '천원경'이라는 말 자체를 처음 들어봤기 때문에 의아한 표정을 지었다.

소천군은 매우 흥미로운 표정을 지으면서 태무랑을 바라보았다.

"이 년 전 현도왕가의 싸움 이후에 도대체 너에게 무슨 일이 있었던 것이냐?"

태무랑은 엷은 미소를 지었다.

"얘기가 깁니다."

소천군은 느긋했다.

"나이를 먹으면 많아지는 것은 시간뿐이지."

무령왕이 거들었다.

"술도 많이 있소이다."

"그럼 우린 술을 마시면서 너의 긴 얘기를 듣도록 하지."

태무랑은 고개를 끄덕이고 나서 맹오를 쳐다보았다.

"맹오, 네가 말씀드려라."

"네… 넷?"

맹오는 무심코 공손하게 대답했다가 별안간 소스라치게 놀랐다. 뒤늦게 말뜻을 이해한 것이다.

그가 정신을 차렸을 때에는 모두들 그를 주시하면서 얘기가 시작되기를 기다리고 있었다.

맹오는 긴장을 푸느라 마른침을 삼키고 용기를 내느라 아랫배에 불끈 힘을 주다가 뾰족한 소리의 방귀를 뀐 것마저도 알지 못했다.

무령왕의 말마따나 탁자에는 술병이 매우 많았다. 하지만 중인은 술병을 건드리지도 않았다.

술병은커녕 자신들 앞에 놓인 잔을 비우지도 못하고 있는 처지였다.

모두들 맹오가 하는 얘기에 푹 빠져서 넋이 나가 버렸기 때문이다.

맹오의 이야기는 이 년여 전에 그가 현도왕가에서 태무랑을 구했던 것으로부터 시작되었다.

그리고는 맹오가 혼수상태에 빠진 태무랑을 데리고 무극신련 고수들의 눈을 피해 제남으로 가서 조그맣고 낡은 배를 한 척 구입하여 운하에 띄우고 배의 움막 안에서 생활한 것에 대한 이야기가 이어졌다.

그 후로도 태무랑은 깨어나지 못했으며, 그를 본 의원들마다 소생할 가능성이 단 일 푼도 없다고 입을 모았었다는 것에 대해서 이야기할 때 중인은 절망에 빠진 표정을 지었다.

그렇지만 맹오는 태무랑을 포기하지 않았으며, 거지 패거리의 뒤를 봐주면서 그들이 갖다 주는 음식으로 연명하고 그들이 주는 몇 푼의 돈으로 태무랑의 약을 사면서 그가 깨어나기만을 기다렸다고 설명했다.

"헤헤, 제가 그 거지 패거리의 왕초였습니다요."

군통이 머리를 긁적이면서 멋쩍게 웃더니 태무랑을 보며 몹시 송구스러운 표정을 지었다.

"처음에는 우리가 구걸한 음식 중에서 그래도 좀 나은 것을 골라서 갖다 드렸습니다."

태무랑이 거지 패거리가 구걸한 음식을 먹었다는 말에 중인은 착잡한 표정을 지었다.

"하지만… 수입이 생기면서부터는 주루에서 좋은 요리를 사서 끼니때마다 보내 드렸습니다요. 오대가 맹 형님께선 언제나 주군께 좋은 요리만을 보내라고 말씀하셨죠. 그래서 대부분 죽을 보냈습니다요."

군통에 이어서 맹오가 다시 이야기를 시작했다. 하지만 목내이처럼 변한 태무랑을 자신이 어떻게 돌봤는지에 대해서는 설명하지 않았다.

그렇더라도 중인은 태무랑이 어떤 몰골이었으며 맹오가 어떻게 그를 돌봤을 것인지 능히 짐작하고도 남았다.

좌중은 맹오의 말소리만 들릴 뿐 사람들의 숨소리조차 들리지 않았다.

그들은 태무랑이 그토록 오랫동안 사경을 헤맸었는지 짐작조차 하지 못했다.

맹오가 천산산맥에서 헤맨 일과 등격리산에서의 고생담,

그리고 태무랑이 하산한 이야기를 마지막으로 입을 다물자 좌중 여기저기에서 나직한 한숨이 흘러나왔다.

반 시진에 걸쳐서 한 맹오의 이야기는 어느 한 부분도 사실이라고 믿어지지 않았다.

그 정도로 처절했기 때문이다. 하지만 중인은 그의 긴 이야기 중에서 어느 한 부분도 거짓이 없다는 사실을 믿을 수 있었다.

세 여자, 미료와 한천궁주, 가빈은 맹오의 이야기가 시작됐을 때부터 흐느껴 울기 시작했다가 이야기가 끝나자 아예 목을 놓아 통곡을 했다.

무령왕과 소천군, 비한은 자신들이 장장 이 년여 동안 자금성 지하 십층 뇌옥에 감금되어 고생을 했으나 태무랑에 비하면 그야말로 태산과 먼지의 차이라는 생각이 들었다.

태무랑은 지난 이 년여 동안 어느 한순간도 위태롭지 않고 또 절박하지 않은 때가 없었다.

그에 비하면 자금성 지하 십층에 갇혀 있었던 네 사람은 최고급 객잔에서 편하게 쉬고 있었던 것이나 다름없다.

하지만 태무랑은 사람들이 자신 때문에 가슴 아파하는 모습을 보는 것이 불편했다.

태무랑의 그런 마음을 알아차린 소천군이 말문을 열었다.

"무랑아."

"네, 할아버님."

소천군은 빙그레 미소 지었다.

"조화지경이라는 말만 들어봤는데, 무엇을 할 수 있느냐? 한 가지만 보여주지 않겠느냐?"

그는 어색한 분위기를 가라앉히려고 그런 요구를 한 것만은 아닌 듯했다.

그의 얼굴에 떠올라 있는 옅은 기대감이 그것을 입증하고 있었다. 그는 태무랑이 얼마나 놀라운 능력을 지녔는지 직접 보고 싶었다.

소천군의 말에 모두들 태무랑을 주시했다. 과연 조화지경에 이르면 어떤 능력을 발휘할 수 있는지 모두 궁금한 표정을 지었다.

하지만 태무랑은 조금도 긴장한 표정이 아니다. 또한 그는 무엇을 보여줄 것인지 고민하지도 않았다.

그의 능력 발휘는 이미 진행되는 중이다. 다만 중인이 모르고 있을 뿐이다.

"앗!"

"아니?"

"뭐야?"

그때 태무랑을 제외한 모든 사람들이 나직한 탄성과 외침을 터뜨렸다.

갑자기 실내가 칠흑처럼 캄캄해졌기 때문이다. 아무것도 보이지 않았다.

천하제일인 소천군조차도 자신의 코끝마저 볼 수가 없었다. 이것은 완벽한 어둠이다.

그리고 절대로 있을 수 없는 일이기도 했다. 아무리 어두운 밤이라고 해도 구름을 뚫고 들어온 최소한의 달빛이나 별빛이 있게 마련이다. 그런데 이것은 천지가 생기기 이전의 그런 암흑 같았다.

그뿐만이 아니다. 일체 아무 소리도 들리지 않았다. 수백 장 밖에서 눈송이가 떨어지는 소리까지 감지할 수 있는 소천군이지만, 지금은 아무 소리도 듣지 못하고 있다. 이것은 완벽한 정적이다.

사람들은 그제야 이것이 조화지경에 이른 사람만이 발휘할 수 있는 능력이라는 사실을 깨달았다.

태무랑이 실내의 모든 빛과 소리를 전달하는 공기마저 없애 버린 것이다. 그러면서도 숨은 쉴 수가 있다. 이것은 도저히 불가해한 일이다.

중인은 각자가 완벽한 어둠과 완벽한 정적 속에서 철저하게 자신 혼자 격리되어 있었다.

이 세상에 오로지 자신 혼자만, 아니, 자신조차도 존재하지 않는 듯한 느낌이다.

완전한 무(無)의 상태다. 아무것도 없는 '무'라는 자체도 존재하지 않는 '절대무(絶對無)'였다.

이런 일은, 아니, 이런 불가사의를 발휘할 수 있는 것은 오로지 조화지경에 이른 존재만이 가능하다.

그때 탁자 둘레의 한곳이 은은하게 밝아지기 시작하더니 곧 한 사람의 모습이 드러났다.

태무랑이다. 그의 주위에 기이한 빛이 나타났다. 아니, 그의 몸에서 광채가 뿜어졌다.

그것은 어둡지도 않으며 밝지도 않은 그런 광채였다. 사람들은 그런 광채가 성인(聖人)이나 절대자에게서 뿜어진다고 믿고 있다.

모든 사람들은 여전히 완벽한 어둠과 정적 속에 격리되어 있는데, 오로지 태무랑 혼자만 성스럽게 빛나고 있다. 하지만 그가 빛나는 것은 그가 꾸민 일이 아니다.

완벽한 어둠과 정적을 만들더니 갑자기 그의 몸에서 광채가 뿜어지고 있는 것이다. 그것은 그 자신도 예상하지 못했던 일이다. 그것은 마치 아무것도 존재하지 않는 상태에서 태무랑 혼자만 존재하는, 즉 천상천하유아독존 같은 느낌이 들게 했다.

중인은 태무랑을 바라보면서 경이로우면서도 장엄한 느낌이 가슴에 팽만한 것을 느꼈다.

태무랑에 비해서 자신들은 그저 한 마리 벌레나 먼지 같은 존재라는 생각도 들었다.

그리고 그때 언제 그랬느냐는 듯이 실내의 모든 것이 원래대로 환원되었다.

사람이란 눈으로 목격하고 피부로 느껴야지만 사물을 인정하는 습관이 있다.

중인은 지금 자신들이 보고 있는 태무랑이 조금 전의 그 태무랑이라는 생각이 들지 않았다.

모두의 앞에 꼿꼿하게 앉아 있는 태무랑은 성인이고 절대자의 모습이다.

第百十六章

봉래를 향해

　태무랑은 삼장로에게서 수월화에 대해 뭔가 알아낼 수 있을 것이라고 기대를 하고 있다.

　다음날 그는 아침 식사도 하기 전에 삼장로가 갇혀 있는 방에 아무도 대동하지 않고 혼자 들어갔다. 그러는 편이 나을 것이라고 생각했다.

　삼장로가 갇혀 있는 곳은 그저 평범한 방이다. 침상과 가구들이 있고 커다란 문과 창도 있다. 하지만 태무랑에게 제압된 상태인 삼장로에게 이곳은 사방이 밀폐된 지하 석실이나 다름없다.

태무랑이 들어서자 삼장로는 처음에 방구석에 앉혀놓은 그대로의 모습이었다.

그는 가부좌의 자세로 앉아서 붉게 충혈이 된 눈을 들어 태무랑을 쏘아보았다.

표정으로 봐서는 아직도 그는 태무랑의 정체를 모르고 있는 것 같았다.

태무랑은 삼장로하고 말장난을 하고 싶지 않았다. 수월화에 대해서 알아내는 것이 시급하기 때문이다. 복수를 하든 뭘하든 그것은 그다음의 문제다.

삼장로는 태무랑을 다시 만나면 무엇을 어떻게 하겠다고 잔뜩 벼르고 있었다.

물론 그래 봐야 궁금했던 점들을 이것저것 물어보는 정도일 터이다.

하지만 태무랑은 삼장로의 반 장 앞에 이르러 그가 말을 할수 있도록 해주면서 동시에 심지를 제압했다.

'무령왕의 딸 수월화는 어디에 있느냐?'

태무랑의 말이 삼장로의 머릿속으로 전해졌다.

자신의 의지를 완전하게 제압당한 삼장로는 눈을 껌뻑거리면서 태무랑을 멀뚱하게 쳐다보다가 우물거리는 말투를 흘렸다.

"대공께서 데려갔습니다."

그는 자신이 무슨 말을 하고 있는지도 모르는 상태다.

'단유천 말이냐?'

"그렇습니다."

'그는 어디에 있느냐?'

"동해군영(東海軍營)에 계십니다."

'그곳이 어디냐?'

"산동성 봉래현입니다."

삼장로는 막힘없이 술술 대답했다.

'단유천이 무엇 때문에 수월화를 데려갔느냐?'

"흑풍창기병이 옥령 소저를 취했기 때문에 그것에 대한 복수라고 말씀하셨습니다."

"흑풍창기병이 옥령을 취했다는 사실을 단유천이 어떻게 아느냐?'

"대공께서 이 년 전에 옥령 소저를 남경에서 데려오실 때 이미 짐작했다고 합니다. 그 당시에 옥령 소저는 대공을 보고서도 조금도 반가워하지 않았으며 흑풍창기병 측근들과 어울려 있었다고 합니다. 또한 옥령 소저는 자금성에 와서도 여러 차례 탈출을 시도했었는데 그런 여러 면으로 미루어서 그녀가 이미 흑풍창기병의 여자가 됐다고 짐작했다는 것입니다."

태무랑은 흠칫했다. 옥령은 단유천이 겁탈을 하려고 해서 자신에게는 이미 남자가 있으며 그가 바로 태무랑이라는 사실을 당당하게 밝혔다고 했다. 또한 그것이 불과 며칠 전의 일이라고 했다.

그런데 사실 단유천은 이미 이 년여 전에 옥령이 태무랑의 여자라는 사실을 짐작했었고, 며칠 전에 그 사실을 옥령의 입을 통해서 확인했던 것이다.

무령왕의 말에 의하면 이 년여 전에 자금성 지하뇌옥 십층 옆 석실에 함께 감금되어 있던 수월화가 갑자기 끌려나갔다고 했다. 그것은 옥령이 태무랑의 여자가 된 것에 대해서 단유천이 복수를 하려고 했다는 사실을 입증하는 것이다.

옥령의 말과 무령왕의 말, 그리고 삼장로의 말이 정확하게 일치한다.

옥령이 태무랑의 여자라는 사실을 알게 된 단유천이 복수를 하기 위해서 수월화를 끌고 간 것이 분명하다.

'령아……'

태무랑은 안타까웠다. 하지만 그녀가 단유천에게 능욕을 당한다는 것보다는 그녀가 당할 정신과 육체적인 고통 때문에 안타까운 것이다.

하지만 이미 엎질러진 물이다. 다시 주워 담을 수는 없는 노릇이다.

이미 조화지경에 이른 태무랑이지만 속세를 선택해서 다시 하산했으며, 그렇기에 속세의 번뇌와 희로애락에서 자유롭지 못하다.

그는 수월화를 걱정하는 마음 때문에 한동안 우두커니 선 채 괴로워해야만 했다.

이후 그는 반 시진 정도 더 삼장로를 심문해서 몇 가지 사실을 알아냈다.

하지만 수월화에 대한 것은 없다. 그 외에는 모두 화명군과 단유천의 전쟁 준비에 관한 것이거나, 단유천이 천 명의 동녀들을 납치하여 그녀들의 동순혈로 초음삼화경을 연공하여 초마신의 경지에 이르렀다는 사실 등이다.

삼장로에게서 알아낸 것은 네 가지다.

첫째는, 화명군도 초음삼화경을 연공했다는 사실이다. 하지만 그의 경우는 단유천하고는 사뭇 달랐다.

삼장로의 설명에 따르면, 처음에 초음삼화경을 연공한 것은 단유천이었다.

초음삼화경을 연공하면 인성이 마비되고 몸과 정신이 점점 더 극마화(極魔化)된다고 했다.

그래서 초마신이 된 지금의 단유천은 악마나 다름없는 심성이 됐다는 것이다.

하지만 화명군은 극마화되지 않았다. 그 이유는 그가 단유천을 통해서 초음삼화경의 최고 단계에 도달했기 때문이라는 것이다.

즉, 천 명의 동녀에게서 직접 동순혈을 취하여 초음삼화경을 연공해야지만 극마화된다.

하지만 화명군은 초마신이 된 단유천에게 다시 천 명분의 동순혈을 더 흡수하게 하여 그 정화(精華)만을 전해 받는 식으로 초음삼화경을 완성했다는 것이다.

다시 말하면, 화명군은 단유천이라는 매개체를 통해서 동순혈을 한차례 여과(濾過)시킨 후 마기가 전혀 깃들어 있지 않은 동순혈의 정화만을 흡수한 것이다.

화명군은 제자인 단유천을 단순한 여과기, 즉 마기를 걸러내는 기구로 이용을 한 것이다.

제자를 마인으로 만들어놓고는 그것을 이용하여 자신의 이득을 챙기다니 실로 소름 끼치도록 영리한, 아니, 사악한 방법이 아닐 수 없다.

삼장로의 말에 의하면, 초음삼화경을 연공하려고 했던 것은 애초에 화명군이었다고 한다.

그렇지만 자신이 극마화되어 초마신이 되는 것을 피하기 위해서 제자인 단유천을 이용했다는 것이다. 그는 제자를 단지 제물로 삼았다.

두 명이 초음삼화경을 연공했기 때문에 지금껏 삼천여 명이 넘는 동녀들이 필요했던 것이다.

둘째, 동녀들을 납치하고 그녀들을 관리하는 등의 일은 삼장로가 총괄하고 있다.

그는 동순혈을 마지막 한 방울까지 모조리 뽑힌 동녀들을 죽이지 않고 강시동녀, 즉 불사동녀(不死童女)로 만들어서 단 한 가지 무공, 즉 검법을 가르친 후에 화명군과 단유천에게 보내는 일도 하고 있다.

셋째, 동녀들이 계속 필요한 이유는, 화명군과 단유천이 초마신이 된 것으로 만족하지 않고 계속 동순혈을 이용하여 더욱 고강해지려 하고 있기 때문이다.

삼장로는 화명군과 단유천을 위해서 동녀들에게서 뽑은 동순혈을 운반하거나 복용하기에 용이하도록 환약으로 제조하고 있다.

화명군과 단유천은 동순혈로 만든 환약을 매 끼니 밥처럼 복용하면서 더 높은 경지로 오르고 있는 것이다.

넷째, 전쟁 준비는 머지않아서 끝날 것이며, 현재 팔백만 대군이 양성됐다고 한다.

이 상태로 나가면 늦어도 반년 이내에 천만대군 목표를 무난히 달성할 것으로 보인다.

태무랑은 삼장로의 제압했던 심지와 몸까지 풀어주었다.

"으음……."

삼장로는 어지러운 듯 두 손으로 머리를 감싸 안았다.

그는 미간을 잔뜩 찌푸리고 눈을 껌뻑거리면서 태무랑을

올려다보았다. 방금 전까지 무슨 일이 일어났는지 도무지 기억나지 않았다.

하지만 자신이 무언가 중요한 것들을 태무랑에게 실토한 듯한 찝찝한 기분을 느꼈다.

"내… 가 무슨 말을 했느냐?"

태무랑은 발끝을 까딱거리면서 가볍게 바닥을 두드렸다.

"삼장로, 오랜만이다."

"나… 를 아느냐?"

삼장로의 얼굴이 흐려졌다. 자신을 '삼장로'라고 콕 집어서 말한 것에 대한 놀라움인 듯한데, 그는 놀라는 것에 익숙하지 않은 모양이다.

"나… 흑풍창기병이다."

"……."

삼장로는 눈을 끔뻑거리면서 아무 말도 하지 않았다. 너무 놀라거나 어이가 없어서 뭘 어떻게 반응해야 할지 아직 반사 신경이 작동을 하지 않는 것 같았다. 한참 만에야 그는 억눌린 듯한 소리를 냈다.

"네가… 적… 안… 혈귀 태무랑이라는 말이냐?"

"그렇다."

"하아……."

삼장로는 더 이상 눈을 끔뻑거리지 않고 태무랑을 올려다보면서 긴 한숨을 푹 내쉬었다. 그리고는 한동안 가만히 있더니 고개를 끄덕였다.

"그러고 보니까 네 모습이 기억난다. 지중옥(地重獄)에서는 한 마리 짐승 같은 몰골이어서 알아보지 못했구나."

태무랑은 지옥이라고 표현하는 곳의 원래 이름이 지중옥인 듯했다.

삼장로는 태무랑을 알아보고 나서는 갑자기 생기를 찾는 듯했다. 문득 한 가지 사실을 깨달은 것이다.

"너… 내가 던진 단검을 퉁겨냈었는데… 금강불괴지체가 된 것이냐?"

태무랑은 담담한 표정으로 그를 굽어보며 말없이 고개를 끄덕였다.

삼장로는 자신의 처지도 잊은 듯 상체를 앞으로 바짝 당기면서 눈을 빛냈다.

"어, 어떻게 해서 완성한 것이냐?"

태무랑은 삼장로가 금강불괴지체를 만들기 위해서 남은 생을 바치다시피 하며 사력을 다하고, 또 수많은 무완롱을 만들어냈으며 죽였던 짓이 가증스럽다 못해서 가련하다는 생각이 들었다.

자신의 목적 외에는 인간의 도리도 양심도 알지 못하는 그가 자신의 행복인들 제대로 챙겼겠는가.

태무랑은 삼장로의 무지몽매함을 이제 그만 깨우쳐 줘야겠다고 생각했다.

"금강불괴지체가 궁극적(窮極的)인 것은 아니다."

"그럼… 무엇이 궁극이냐?"

"금강불괴지체를 파훼하는 것이 궁극이다."

잔뜩 기대하는 표정을 짓고 있던 삼장로는 쓴웃음을 지으며 고개를 가로저었다.

"틀렸다. 이 세상에서 금강불괴지체를 파훼하는 것은 존재하지 않는다."

태무랑은 피식 실소를 흘렸다.

"내가 너를 금강불괴지체로 만들어주겠다."

"무… 슨 헛소리를……."

스우우.

삼장로는 말도 안 된다는 듯 와락 인상을 쓰다가 갑자기 전면의 허공에서 금빛과 흙빛 두 줄기 기운이 자신을 향해 느린 듯하면서도 빠르게 쏘아오는 것을 발견하고 움찔 몸을 떨었다.

그는 태무랑이 자신을 공격하는 것이라 여기고 벌떡 일어나면서 급히 뒤로 물러났다. 그러다가 자신의 혈도가 풀렸다는 사실을 그제야 깨달았다.

스아아.

그러나 그 순간 그가 어떻게 해볼 새도 없이 금빛과 흙빛 두 줄기 기운이 그의 몸 양쪽으로 스며들어 버렸다.

"으으… 이게 무슨……."

삼장로는 허둥거리면서 자신의 몸 양쪽을 번갈아 쳐다보며 귀신을 본 듯한 표정을 지었다.

츄우.

"으헛!"

그때 그의 몸에서 금빛과 흙빛이 섞인 은은한 빛이 몸 밖으로 한 뼘가량 뿜어지는 듯하다가 다시 몸속으로 들어가 버렸다. 그는 그것을 보고 혼절할 듯이 놀랐다.

뒷짐을 진 태무랑이 조용히 말했다.

"무기를 지니고 있으면 네 몸이 금강불괴지체가 되었는지 시험해 봐라."

삼장로는 무슨 헛소리냐는 듯 태무랑을 쳐다보다가 그의 엄숙하고도 장중한 모습에 기가 팍 꺾였다. 그러더니 주춤거리며 입속으로 웅얼거렸다.

"정… 말이냐?"

그리고는 갑자기 표정이 딱딱하게 굳어지며 능숙하게 자신의 품속에서 단검 한 자루를 꺼냈다. 그리고는 아무렇지도 않게 자신의 팔을 힘껏 찔러갔다. 방금까지만 해도 머뭇거리던 것과는 전혀 다른 행동이다.

하지만 실상 태무랑이 그의 심지를 제압하여 단검을 꺼내서 스스로의 팔을 찌르게 한 것이다. 그 순간 태무랑은 그의 심지를 풀어주었다.

쨍!

"으헛!"

삼장로가 정신을 차렸을 때는 자신의 오른손에 쥐어져 있는 단검으로 왼팔을 힘껏 자르는 중이었다. 그러나 다음 순간 단검은 옷자락을 베었을 뿐 날카로운 쇳소리를 내면서 퉁겨졌다.

"아아, 도대체 이게……."

그는 너무나 놀라서 자신이 어째서 스스로의 팔을 자르려고 했는지에 대해서는 신경도 쓰지 못했다.

오로지 단검이 팔에서 퉁겨지며 쇳소리가 났다는 사실에 경악하고 있을 뿐이다.

그는 태무랑을 힐끗 보더니 침을 꿀꺽 삼키고는 단검을 왼팔 팔뚝에 갖다 대고 조심스럽게 그었다.

슥.

하지만 이번에도 옷자락만 베어졌을 뿐 팔에는 흠집조차 나지 않았다.

"오오, 맙소사……. 내가 금강불괴지체가 되다니……."

그는 태무랑과 자신의 왼팔을 번갈아 쳐다보았다.

"도… 대체 어떻게 한 거지?"

그러면서 그는 단검으로 자신의 몸 여기저기를 푹푹 찌르고 또 베어보았다. 그러나 여전히 단검은 그의 피부에 흠집조차 내지 못했다.

그는 자신이 처해 있는 상황을 완전히 망각했다. 그리고 자신을 금강불괴지체로 만들어준 사람이 태무랑이라는 사실마저도 잊어버렸다.

꿈속에서조차도 금강불괴지체를 만들어보려고 발버둥을 쳤는데, 남도 아닌 자신이 금강불괴지체가 됐으니 너무 놀라고 기뻐서 그럴 만도 한 일이다.

"자, 이제 내가 금강불괴지체가 파훼될 수 있다는 사실을 보여주마."

그때 태무랑이 중얼거리자 삼장로는 어이가 없다는 표정을 지었다.

"이놈아, 세상천지에 금강불괴지체를 파훼할 수 있는 것은 존재하지 않는다. 멍청한 놈!"

슥—

태무랑은 오른손을 들어 올렸다. 삼장로의 금강불괴지체를 파훼하려면 구태여 손을 들 필요가 없지만, 그래도 자신이 파훼한다는 사실을 그에게 알려야 하기 때문에 동작을 보이려는 것이다.

삼장로는 득의한 미소를 지었다.

"흐흐, 어찌 된 일인지는 모르겠지만 네놈은 실수를 한 것이다. 이제 천하에서 나를 이길 것은 없다."

그는 어느 정도 이성을 잃은 듯했다.

슥—

태무랑은 삼장로가 제대로 볼 수 있도록 동작을 약간 크게 하면서 오른손을 떨쳤다. 순간 투명한 천원신기가 삼장로를 향해 쏘아갔다.

팍!

아주 간명한 음향이 터졌다.

툭.

그리고 뭔가 바닥에 떨어지는 소리가 뒤를 이었다.

삼장로는 자신의 발밑에 뭔가 떨어지는 소리에 아래를 쳐다보다가 어리둥절한 표정을 지었다.

자신의 발 앞에 하나의 팔이 떨어져서 꿈틀거리고 있는 것이 보였다.

팔꿈치 아래에서 매끄럽게 잘려져 피가 한 방울도 흐르지 않는 모양인데, 어디선가 많이 본 듯한 팔이다.

그는 부지중 자신의 왼팔을 쳐다보았다. 그리고는 눈이 휘둥그렇게 떠졌다.

왼팔이 팔꿈치 바로 아래에서 매끈하게 잘려져 있었다. 바닥에서 꿈틀거리고 있는 팔을 가져다 붙이면 제대로 맞을 것 같았다. 즉, 자신의 팔인 것이다.

"이… 게 어떻게……."

그는 극도의 불신 어린 표정으로 중얼거리며 바닥의 팔과 자신의 왼팔을 번갈아 쳐다보았다.

그때 태무량의 손이 다시 슬쩍 움직였다.

팍!

이번에는 삼장로의 오른쪽 다리가 무릎에서 싹둑 잘라지면서 그는 앞으로 고꾸라졌다.

쿵!

"으윽……!"

그는 바닥에서 버둥거리며 일그러진 얼굴로 태무량을 올려다보았다.

"으으… 너… 어떻게 한 거냐?"

태무량이 대답하지 않자 그는 오른손에 움켜쥐고 있는 단검으로 자신의 왼쪽 허벅지를 힘껏 찔렀다. 확인을 해보려는 것이다.

쨍!

그러나 단검은 강하게 퉁겨졌다. 불꽃이 번뜩였다면 쇠와 쇠끼리 부딪쳤다고 여겼을 것이다. 그렇다는 것은 그의 몸이 여전히 금강불괴지체라는 뜻이다. 그런데도 태무량은 그의 팔과 다리를 잘랐다.

삼장로는 불신으로 일그러진 얼굴로 태무랑을 쳐다보았
다.

그는 아무 말도 하지 않았지만, 여전히 금강불괴지체인데
어떻게 내 팔과 다리를 잘랐느냐고 그의 표정이 묻고 있었다.

태무랑은 오른손을 들어 올리려다가 다시 내렸다.

"말했을 텐데?"

보기 싫게 일그러지는 삼장로의 얼굴이 충격으로 검게 변
하기 시작했다.

"정… 말 금강불괴지체를 파훼할 수 있는 것이냐?"

"손을 쓰지 않고도."

"손… 을 쓰지 않고도? 대체 어떻게… 윽!"

팍!

이번에는 삼장로의 단검을 쥔 오른 손목이 뎅겅 잘라져 나
갔다.

삼장로는 육체의 고통보다는 경악 때문에 정신적으로 더
혼란스러웠다. 금강불괴지체가 파훼될 수 있다는 사실에 대
한 불신과 경악이다.

그리고 자신이 생애를 걸었던 원대한 목적에 대한 회의가
걷잡을 수 없이 몰려들었다.

또한 그는 금강불괴지체를 파훼하고 있는 태무랑의 능력,

즉 지상 최강의 무공에 대해서 막 궁금해지기 시작했다. 그는 무학에 미친 사람 같았다. 끝없는 연구와 호기심이 그의 삶의 원동력이었다.

"너는 도대체 무슨 방법으로 금강불괴지체를 파훼할 수 있는 것이냐?"

"뭐라고 생각하느냐?"

팍!

삼장로의 오른팔이 팔꿈치에서 또 잘라졌다. 그런데도 그는 자신의 팔이 잘라지는 것보다도 태무랑의 대답을 듣는 것에 더욱 갈증을 느꼈다.

태무랑은 자신의 입으로 대답해 주기 싫었다. 그가 스스로 깨닫기를 원했다.

그래야지만 놀라움과 충격이 훨씬 더 클 것이다. 자신이 시험 대상으로 삼았던 무완롱이 이룬 경이로운 능력에 대해서 말이다.

"으음… 금강불괴지체를 파훼할 수 있는 것은 없다."

삼장로는 같은 말만 반복했다. 눈앞에서 벌어지고 있는 일을 믿을 수 없는 것이 아니라 믿기 싫은 것이다.

그것을 믿으면 여태까지 견지해 온 자신의 신념이 송두리째 무너져 버리기 때문이다.

"있다면… 그것은 신의 능력뿐이다……."

말을 하다가 그는 말끝을 흐렸다. 자신의 말에서 뭔가 해답이 나온 것 같은 느낌이 들었다.

그의 두 눈이 튀어나올 듯이 부릅떠졌다.

"으으… 설마 네가… 조화지경에 이르렀다는 말이냐?"

그는 그제야 태무랑이 자신의 몸을 금강불괴지체로 만들었다는 사실에 생각이 미쳤다.

대저 뉘라서 사람의 몸을 금강불괴지체로 만들었다가 또 그것을 파훼할 수 있다는 말인가. 있다면 그것은 오로지 신의 반열에 든 존재뿐이다.

그러나 삼장로는 전혀 두려움을 느끼지 않았다. 또 다른 호기심이 그를 자극했다.

"마, 말해다오. 어떻게 조화지경을 이루었느냐? 인간의 몸으로 어찌 그것이 가능하더냐?"

"깊은 원한이 있으면 가능하다."

"깊은 원한……."

태무랑의 말을 곧이곧대로 받아들인 삼장로는 어떻게 원한으로 조화지경을 이룰 수 있는지에 대해서 골똘하게 생각에 잠겼다.

그 모습을 보는 태무랑은 역겨움을 느꼈다. 삼장로의 저 집착이 태무랑을 비롯한 수많은 소년과 소녀들을 무완롱으로 만들어 그들과 그들 가족의 삶을 파괴시켰다.

순간 태무랑에게서 심기가 뿜어졌다.

팍!

그리고는 삼장로의 몸이 갈가리 터져 나갔다가 화르르 불길에 타버려 흔적조차 없이 사라져 버렸다. 그는 재도 남기지 못하고 어떻게 원한으로 조화지경을 이룰 수 있는지에 대해서 고심하다가 죽었다.

*   *   *

북경이 발칵 뒤집혔다. 무극신련의 수많은 고수와 군사들이 눈이 벌게져서 무언가를 찾으려고 성내를 돌아다니면서 온통 뒤지고 다녔다.

그 때문에 성민들은 일상생활이 마비될 지경이었다. 하지만 무엇 때문인지 이유조차 알지 못했다.

수만 명의 고수와 군사들이 그처럼 이 잡듯이 뒤진다면 성민들은 젓가락마저도 감추지 못할 것 같았다.

하지만 고수들과 군사들은 자신들이 원하는 것을 끝내 찾아내지 못했다. 그들이 찾는 사람들은 이미 북경을 떠났기 때문이다.

*   *   *

북경 서남쪽 영정하 중류에서 배를 탄 태무랑 일행은 강물을 타고 동남쪽으로 흘러내려 사흘 후에 하북성 동남쪽에 위치한 대진현(大津縣)에 이르렀다.

그곳에서 배를 한 척 전세를 내서 운하를 타고 산동성의 제남으로 향한 다음에 그곳에서 황하로 진입하여 하류를 따라 내려가서 바다로 나갔다.

이후 뱃머리를 남으로 돌려서 동해군영이 있다는 봉래로 향해 항해했다.

태무랑은 북경 신풍장에서 개방 제자들을 제외하고는 모두 이끌고 왔다.

제남에 들렀을 때 무령왕과 가빈을 내려주었다. 화명군과 단유천이 있는 위험한 곳에 무공도 모르는 무령왕을 데려갈 수는 없기 때문이다.

무령왕이 제남에 있는 동안 그를 보호할 사람이 필요해서 가빈을 붙여주었다.

물론 가빈은 태무랑 등과 함께 가지 못하는 것에 대해서 노골적으로 불만을 표시했으나 소천군이 꾸지람을 하고서야 입을 다물었다.

산동성 북동쪽에 위치한 내주만(萊州灣)은 황하가 동해와

만나는 곳에서 오른쪽으로 반달처럼 길쭉하게 이백여 리에
걸쳐서 굽어 있다.

태무랑 일행이 탄 배는 내주만 동쪽 끝자락 용구(龍口)라는
어촌 포구에 잠시 정박했다.

용구에서 목적지인 봉래현까지는 육로로 오십여 리, 바닷
길로는 칠십여 리다.

하지만 태무랑 일행이 봉래현까지 최대한 가까이 접근할
수 있는 곳은 용구가 마지막이다.

용구에서 동쪽으로 마을을 벗어나기만 하면 관도는 물론
봉래현으로 향하는 전 지역이 군사들에 의해서 철저하게 차
단되어 있는 상황이다.

그것은 용구뿐만이 아니다. 육지 쪽은 봉래현을 중심으로
오십여 리 이내가 완전히 차단되었다.

용구의 촌민들 말에 의하면 일 년 반 전부터 오십여 리 안
쪽에서 원래 살고 있던 사람들마저 모조리 다른 지역으로 쫓
겨났다고 한다.

살 만한 곳을 마련해서 이주를 시킨 것이 아니라 무조건 쫓
아냈다는 것이다.

하지만 태무랑 일행이 용구 포구에 정박한 이유는 봉래현
인근이 차단되었기 때문이 아니다.

봉래현에 있다는 동해군영과 그곳에 대한 소문들을 수집

하는 한편 배에 필요한 물품을 구입하는 등 할 일이 있기 때문이다.

그러는 사이에 오랫동안 배에서 생활을 하느라 심신이 지친 사람들은 포구에 올라 주루로 들어갔다.

동해군영에 대한 소문이나 정보를 수집하는 것은 맹오와 군통이 맡았다.

그리고 항해에 필요한 장비나 물품을 구입하는 것은 배와 함께 빌린 선원들이, 배에서 필요한 식품 따위는 한천궁주가 맡았다.

원래는 미료와 한천궁주를 함께 행동하도록 지시했는데, 미료 자신은 태무랑의 그림자라면서 한천궁주의 등을 떠밀어 혼자 보내고 자신은 태무랑과 함께 주루로 들어왔다.

태무랑과 옥령, 소천군, 비한, 미료는 주루에서 간단한 요깃거리를 주문했다.

"저… 주인님, 술도 주문하면 안 될까요?"

그런데 태무랑 오른쪽에 앉은 미료가 고개를 숙이며 조심스럽게 물었다.

이곳에 있는 사람들은 모두 절정고수 이상 수준이므로 술을 마시는 것은 아무 때라도 상관이 없다.

평소의 미료는 태무랑 뒤에 서 있지만 지금은 용기를 내서 그의 왼쪽에 앉았다.

다른 생각이 있어서가 아니라 태무랑 뒤에 선 채로는 술을 마실 수 없을 것이기 때문이다.

태무랑이 가볍게 고개를 끄덕이자 미료는 재빨리 술을 주문하고는 기대감으로 두 손을 모아 가슴에 대고 눈을 반짝반짝 빛냈다.

그녀는 보름 전 신풍장에서 무령왕 등과 연회를 하는 자리에서 처음 제대로 술을 마셔보고는 술맛과 술의 매력에 흠뻑 매료돼 버렸다.

이렇게 좋은 것을 왜 여태까지 모르고 살아온 것인지 원망이 생길 정도였다.

술이 좋다는 것을 진작 알았으면 구리돈 몇 닢이라도 아꼈다가 싸구려 술이라도 사 마셨을 것을 왜 그러지 않았는지 멍청했었다는 생각마저 들었다.

잠시 후에 주문한 요리와 술이 나왔지만 술을 마시는 것은 미료 혼자였다.

그녀는 다른 사람들에게 술을 권하지 않았다. 자신이 마실 술이 많아졌기 때문에 오히려 좋아했다.

반 시진쯤 후에 맹오와 군통이 주루에 들어왔고, 잠시 후에는 한천궁주까지 돌아와서 합류했다.

맹오가 자신들이 용구에서 수집한 정보에 대해서 공손히

보고를 했다.

"현재 봉래현에는 군선(軍船)을 제작하는 사람이나 그것에 관계된 사람들과 군사 외에 일반 백성은 아무도 없다고 합니다."

군통은 가만히 있고 맹오가 계속 보고했다.

"얼마 전에 봉래현 군선제조창(軍船製造廠)에서 일하다가 부상을 당해 고향인 용구로 돌아온 사람을 만났는데, 그의 말에 의하면 봉래현 전체가 군선을 제조하는 장인들과 인부, 그리고 군사들로 북적거리고 있으며 그 수가 얼마나 많은지는 가늠조차 할 수 없을 정도라고 합니다."

맹오는 봉래현에 대해서 속속들이 알아오지는 못했지만 표면적인 상황에 대한 것들은 대충 수집해 왔다. 그의 보고를 정리하면 이렇다.

봉래현을 중심으로 육지뿐만 아니라 바다까지도 완전히 통제된 상황이며, 전 지역을 지키는 것은 군사들만이 아니라 무림고수들까지 동원됐다고 한다. 모르긴 해도 무림고수들은 무극신련의 고수들일 것이다.

바다 역시 봉래현을 중심으로 오십여 리 일대 해역이 전면 통제되고 있다.

특히 봉래현 정면에 발해해협(渤海海峽)을 향해 거의 일직선으로 곧게 뻗어 있는 장산군도(長山群島)에는 수십 곳의 군항(軍港)이 설치되어 경계가 더욱 삼엄하다.

봉래현에서 필요로 하는 모든 물자는 일차적으로 제남에서 집결된다.

대륙을 동서로 흐르는 황하가 제남을 지나고, 남북을 관통하는 운하가 제남 인근에서 황하를 경유하여 수륙(水陸)으로 교통이 발달했기 때문이다.

온갖 물자를 싣고 천하에서 몰려드는 수천 척의 배를 소화하기 위해서 제남에는 기존의 포구 외에 이십여 개의 포구가 더 생겼다.

일차적으로 제남에 집결된 물자들은 수레에 옮겨 실려서 칠백여 리나 떨어진 봉래를 향해 육로로 운송된다.

황하 하류를 통해서 바다로 나가 봉래현으로 향하는 것은 불가능하다.

황하 하류는 모래 퇴적물로 인해서 수위가 매우 낮기 때문에 중간급 이상 규모의 큰 배들은 운항할 수 없다.

제남에서 동쪽 끝에 위치한 봉래까지 칠백여 리 길고 긴 관도는 추평(鄒平), 창락(昌樂), 평도(平度), 초원(招遠) 등 산동성 내에서 내로라하는 큰 현들을 지난다.

그런데 그 칠백여 리 관도가 물자 운송을 위해서 일 년 반 전부터 지금까지 완전히 통제된 상태라고 한다.

제남에서 봉래까지 칠백여 리 관도가 물자를 실은 수십만

대의 수레로 빈틈없이 이어져 있기 때문에 백성들의 수레나 마차는 끼어들 틈이 없다.

그로 인해서 산동성 북부 지역 백성들의 삶은 완전히 마비된 상황이다.

맹오는 보고를 마치고 조심스럽게 태무랑을 바라보았다.

"이게 전부입니다."

태무랑은 잠시 생각하다가 소천군에게 물었다.

"할아버님 생각은 어떠십니까?"

소천군은 수염을 쓰다듬었다.

"육로든 해로든 봉래현으로 들어가는 것은 어렵지 않지만, 단유천이 어디에 있는지 모르고서야……."

봉래현 인근을 차단한 또 다른 이유는, 봉래현을 중심으로 좌우 해안과 앞바다 장산군도에 수십 곳의 군항이 있기 때문이다.

봉래현에서 만들어진 군선들은 인근 수십 곳의 군항으로 옮겨져서, 그곳들에 주둔해 있는 수군(水軍)에게 인도되어 해상 훈련에 사용되고 있다.

전쟁을 준비하는 자들에게 군선제조창과 군항이 함께 있는 것은 최상의 조건이다.

그런데 그 수십 곳의 군항 중에서 단유천이 어디에 있는지 모른다는 것이 태무랑 일행의 고민이다.

제일 먼저 떠오르는 생각은 단유천이 봉래현에 있을 것이라는 짐작이다.

군항이 수십 군데가 있다고 해도 그것들의 중심축이 봉래현이기 때문이다.

"일단 봉래로 가야 할 것 같구나."

소천군은 내키지 않는 듯 말했다.

태무랑의 생각도 같았다. 단유천에 대해서 아무것도 모르는 상황이므로 중심축인 봉래현으로 가서 차근차근 알아보는 것이 순서다.

第百十七章
동해군영 잠입

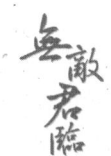

태무랑은 바닷길을 선택했다. 모두 함께 편안하게 이동할 수가 있고, 봉래현 인근의 연안이나 수십 개의 섬에 흩어져 있는 군항들에 접근하기가 편하기 때문이다.

용구는 내주만 남쪽 끝자락에 위치해 있다. 활의 구부러진 안쪽을 뒤집어놓았을 때 오른쪽 끝부분에 용구가 있으며, 모자처럼 길쭉하게 툭 튀어나온 곳을 돌아 나오면 즉시 망망대해가 펼쳐진다.

태무랑 일행이 탄 배가 늦은 오후에 용구를 출발하여 남행(南行)을 시작한 지 한 시진쯤 지났을 때 석양 속에서 한 마리 전서구가 나타나 맹오의 어깨에 날아 내렸다.

전서구 발목에 묶인 대롱에서 서찰을 뽑은 맹오는 그것을 즉시 태무랑에게 가져왔다.

전서구는 북경 신풍장에 있는 철완개가 보냈지만 안의 내용물, 즉 서찰은 소림사 장문인 원각선사가 보냈다.

태 시주, 구대문파 전체가 뜻을 같이하기로 결정했으며 무적신룡맹(無敵神龍盟)이라는 이름을 지었소이다. 현재 각 문파는 자신들의 지역에 있는 방, 문파들을 설득하고 또 결속시키는 중이오. 이 일이 어느 정도 진전을 보이면 북경의 자금성을 총공격할 계획인데 태 시주의 고견은 어떤지 알려주시오.

구대문파가 연합하고, 그들이 각 지역의 방, 문파들을 결속한다면 이른바 무림맹(武林盟)의 성격을 띠고 있다고 말할 수 있다. 그런데 그 무림맹의 이름을 '무적신룡맹'이라 지었다고 한다.

그 이름이 태무랑의 별호인 무적신룡에서 따왔음은 굳이 따로 설명하지 않아도 누구나 잘 알 터이다.

실내에 있는 사람들은 서찰을 두루 읽어보고 나서 환한 표정을 지었다.

구대문파가 연합했다는 소식과 이름을 무적신룡맹이라고

지었다는 사실 때문이다.

그것은 태무랑이 천하무림을·대표하는 인물이라는 뜻이니 어찌 기쁘지 않겠는가.

"할아버님 생각은 어떠십니까?"

태무랑은 소천군과 함께 지내기 시작한 이후부터는 무엇이든 중요한 일의 결정은 그에게 먼저 물어보고 했다. 어른에 대한 존중의 의미다.

"화명군은 절대로 만만하지 않다. 그러므로 천하무림의 모든 방, 문파와 무림인이 하나로 결속한다고 해도 놈을 굴복시키는 것은 쉬운 일이 아니다. 더구나 놈에겐 천만대군이 있지 않느냐?"

"그렇겠지요."

"무랑아, 그러므로 네가 화명군과 단유천을 상대해서 죽이고, 천하무림이 무극신련을 괴멸시키는 방법을 써야만 할 것이다."

태무랑은 담담히 응답했다.

"저와 할아버님, 그리고 이곳에 있는 모두가 합심해서 화명군과 단유천을 죽여야지요."

소천군은 고개를 가로저었다.

"아니다. 화명군과 단유천이 초음삼화경을 연공해서 초마신이 됐다면 노부와 다른 사람들은 그자들의 적수가 되지 못할 것이다. 그 둘을 상대하는 일은 온전히 너 혼자의 몫이라는 뜻이다. 우리는 다만 너를 물심양면 도울 뿐이다."

물론 태무랑도 그렇게 생각한다. 다만 소천군 등을 배려하는 마음에서 그렇게 말한 것이다. 현재로선 화명군과 단유천을 죽일 수 있는 사람은 태무랑 자신뿐이다.

"그러므로 무적신룡맹은 은인자중하면서 더욱 많은 방, 문파와 고수들을 모아서 결속시키며 힘을 키워야 하고, 너는 심사숙고하여 무슨 일이 있더라도 화명군과 단유천을 죽여야 한다."

실내에 있는 모든 사람의 표정이 심각해졌다.

"할 수만 있다면 네가 화명군과 단유천을 죽이는 것이 선행된 이후에 무적신룡맹이 일제히 자금성과 무극신련을 총공격하는 것이 바람직하다. 그와 함께 무령왕이 황권을 장악한다면 천만대군과 싸우는 일을 피할 수가 있을 것이다."

뱀의 머리를 자른 다음에 몸뚱이를 치자는 것이다. 우두머리를 잃은 무극신련은 자중지란을 일으킬 테니까 그렇게 하는 것이 최선책이다.

또한 태무랑이나 무적신룡맹이 천만대군을 상대하는 것은 무슨 일이 있어도 피해야만 한다.

천만대군을 상대로 싸워서 이길 수도 없을뿐더러, 천만대군을 구성하고 있는 군사 대부분은 강제로 징집된 중원의 백성들이기 때문이다.

　원흉은 화명군과 단유천인데 천만대군과 싸우게 된다면 골육상잔의 비극이 일어나게 된다.

　"알겠습니다."

　태무랑은 공손히 대답했다. 그가 생각해도 현재로선 그 방법밖에 없는 듯했다.

　배는 술시(밤 8시) 무렵에 상도(桑島) 해안가 얕은 곳에 닻을 내리고 정박했다.

　용구에서 상도까지는 이십여 리쯤 되고 뱃길로 한 시진 반이 걸렸다.

　태무랑 일행의 배는 규모가 크지 않기 때문에 닻줄이 짧아서 바다 한가운데에 정박할 수가 없다. 그래서 상도 해안가에 정박한 것이다.

　배가 상도 해안가에 정박했을 때 예기치 않았던 한 가지 문제가 생겼다. 배를 모는 세 명의 선원이 더 이상 못 가겠다고 난색을 표한 것이다.

　선원들도 눈이 있고 귀가 있기 때문에 봉래를 중심으로 뭍이든 바다든 오십 리 이내로는 들어갈 수 없다는 사실을 잘 알고 있었다.

　그 오십 리 경계가 상도고, 그곳에서 더 이상 남쪽으로 내려갈 수 없는 것이다.

맹오와 군통이 선원들을 달랬으나 잔뜩 겁을 집어먹은 그들은 들으려고 하지 않고 한사코 배를 돌려야 한다거나 아니면 자신들을 상도에 내려달라고 통사정을 했다.

상도에는 섬 주민이 꽤 많이 살고 있기 때문에 선원들을 그곳에 내려주면 배를 얻어 타고 다시 용구로 돌아갈 수가 있다는 것이다.

그렇다고 선원들을 윽박질러서 될 일이 아니다. 또한 태무랑은 그렇게 하고 싶지도 않았다.

"우리도 이제는 얼추 배를 몰 수 있을 것 같으니 선원들 뜻대로 해주게."

비한의 말을 듣고 태무랑은 선원들을 상도에 내려주기로 결정을 했다.

대신 그들의 심지를 제압하여 지금까지의 일을 기억하지 못하도록 만들었다.

그들은 배에서 뛰어내려 섬까지 헤엄쳐서 갔다가 백사장을 걸어나갈 때에는 자신이 무엇 때문에 헤엄을 쳤는지마저도 깡그리 잊어버렸다.

배에는 여자가 세 명이나 있지만 언제나 요리는 맹오와 군통이 했다.

옥령이나 미료, 한천궁주 세 사람 다 요리를 전혀 할 줄 모르기 때문이다.

사람들은 그녀들이 하는 요리를 먹느니 차라리 굶겠다고 서슴없이 말할 정도다.

요리사 수준의 솜씨를 지닌 맹오가 만든 늦은 저녁 식사를 마친 일행은 각자의 거처로 흩어져 갔다.

배의 갑판에는 단층짜리 선실이 있고, 그곳에 방 세 개가 있으며, 아래에는 두 개의 방과 주방, 창고 등이 있다.

일층에 있는 세 개의 선실 중에 첫 번째 것은 소천군이 사용을 하고, 두 번째는 태무랑과 옥령, 미료가 셋째 칸은 한천궁주가 썼다. 그리고 아래쪽 두 칸은 비한과 맹오, 군통이 나누어 사용했다.

선원들이 없는 배를 운항하는 것은 비한이 책임져서 맡고 맹오와 군통이 돕기로 했다.

비한은 밤인데다 구름이 잔뜩 낀 어두운 날씨라서 도저히 배를 몰 자신이 없기 때문에 내일 아침에 날이 밝으면 출발하기로 하여 모두들 각자의 거처에서 휴식을 취하는 중이다.

태무랑은 자신의 방 선실 창을 열어놓은 채 조그만 탁자에 옥령과 나란히 앉아 있다.

배는 상도 남쪽 연안에 정박했으므로 캄캄한 남쪽 바다 저

너머에는 봉래와 그 앞에 장산군도의 수십 개 섬이 늘어서 있을 것이다.

그는 창밖을 묵묵히 바라보고 있고, 맞은편에 앉은 옥령은 그를 말끄러미 응시하고 있다.

그의 머릿속에는 저 멀리 어딘가에 있을 수월화 생각으로 가득 차 있다.

그리고 그를 바라보는 옥령의 두 눈 가득 그의 준수한 모습이 담겨 있다.

또 한 사람 미료는 맞은편 벽 아래에 가부좌의 자세로 앉아서 태무랑을 응시하고 있다.

미료는 태무랑이 옥령과 함께 있는데도 자신은 그의 그림자라면서 곁을 떠나지 않고 있다.

그녀의 마음속에는 태무랑을 사모하는 마음이 절반이고 나머지 절반은 자신의 목숨을 바쳐서라도 그를 지켜야 한다는 충성심으로 차 있다.

그녀는 조금 전에 한차례 운공조식을 끝냈다. 태무랑이 가르쳐 준 오행신공이다.

요즘 그녀는 자신의 무공이 하루가 다르게 증진하고 있다는 사실을 생생하게 느끼고 있다.

지금 그녀는 절정고수다. 예전에는 꿈에서조차 그려보지 못했던 수준이다.

예전에 그녀의 간절한 소망이 하나 있었다면, 그저 괜찮은 무도관에서 한 달 만이라도 제대로 된 무공을 한 가지 배워서 그걸 죽도록 수련하여 현상범을 더 많이 잡을 수 있게 해달라는 것이었다.

그런데 마음은 굴뚝같으면서도 한 번도 실행을 한 적이 없다. 무도관에 내야 하는 돈이 무려 은자 석 냥에서 닷 냥인 것이다.

돈이 아까워서 옷 한 벌로 몇 년을 지내는 그녀가 그런 거금을 내고 무공을 배울 리 만무했다.

그런데 지금 그녀는 절정고수다. 꿈을 꿔도 이런 엄청난 꿈은 꿀 수가 없을 것이다.

태무랑이 생사현관을 소통시켜 줬고, 벌모세수에다 환골탈태까지 시켜주었다.

게다가 오행지기를 주입해 줬으며, 오행신공과 염마오행도를 가르쳐 주었다.

그 모든 것을 태무랑이 주었다. 그래서 지금 그녀의 모든 것은 태무랑과 귀결되어 있다. 그녀의 삶의 시작이며 마지막이 바로 태무랑이다.

한시라도 그를 보고 있지 않으면, 그의 곁에서 떠나 있으면 아예 숨이 멎어버릴 것만 같다. 그것이 그녀가 그의 그림자를 고집하고 있는 진짜 이유다.

그렇다고 그를 사랑하는 것은 결코 아니다. 그런 것은 언감
생심 꿈도 꾸지 않는다.

그녀의 마음은 순수한 맹종이고 충성심의 발로다. 그 이상
도 이하도 아니다.

태무랑을 사랑해서는 안 된다는 것 정도는 그녀가 능히 조
절할 수 있다.

만약 조절하지 못하면, 그래서 태무랑에게 이상한 마음이
라도 품는다면 그녀는 스스로 목숨이라도 끊어야만 한다. 충
견이 주인을 사랑할 수는 없는 법이다.

운공조식을 끝낸 미료는 소리없이 일어나 밖으로 나갔다
가 잠시 후에 돌아왔다.

그녀의 손에는 쟁반이 들려 있고, 쟁반에는 술과 간단한 안
줏거리가 놓여 있다.

탁—

"술이나 마시죠?"

미료는 태무랑이 앉아 있는 탁자에 쟁반을 내려놓았다.

그리고 옥령에게 태무랑 옆자리를 공손히 가리켰다. 그쪽
으로 옮겨 앉으라는 뜻이다.

옥령이 없었으면 미료가 태무랑 옆에 냉큼 앉았겠지만, 태
무랑의 연인이라고 알고 있는 옥령이 버티고 있는데 감히 그
럴 수가 없다.

늦은 밤. 침상에는 태무랑과 옥령이 나란히 누워 있고, 맞은편 벽 아래에는 미료가 가부좌의 자세로 앉아서 지그시 눈을 감고 있다.

미료는 태무랑과 옥령이 잠자리에 들면 언제나 곧바로 운공조식을 시작한다.

예전에는 운공조식을 하면 무아지경에 빠졌는데, 절정고수가 된 지금은 운공조식을 하는 중에도 주위에서 무슨 일이 벌어지고 있는지 환하게 알게 된다.

북경 영정하에서 배를 탄 지 오늘로써 이십오 일째다. 그것은 미료가 스물다섯 번의 밤을 태무랑, 옥령과 함께 한 방에서 보냈다는 뜻이다.

하지만 그동안에 태무랑과 옥령은 한 번도 정사를 하지 않았다.

그런데 오늘 밤은 다르다. 침상에서 거친 사내의 숨소리와 숨넘어가는 여자의 신음 소리, 그리고 살과 살이 문질러지고 비벼대는 소리가 격렬하게 흘러나오고 있다.

그래서 미료는 운공조식에 집중할 수가 없는 상태다. 평소에 자신은 태무랑의 충견이고 그림자일 뿐이라고 굳게 확신하고 있으면서도 어째서 태무랑과 옥령의 정사에 이토록 민감한 것인지 모를 일이다.

아직 순결지신인 미료지만 바보가 아닌 이상 지금 침상에서 무슨 일이 일어나고 있는지 충분히 알 수가 있다.

그리고 그녀는 여자구실을 못하는 석녀(石女)가 아니라 건강한 여체를 지니고 있다.

그래서 침상에서 들려오는 소리 때문에 그녀는 자신도 모르게 몸이 바들바들 떨리고 숨이 가빠지면서 저절로 아랫도리에 힘껏 힘을 주게 되었다.

마치 태무랑이 자신과 정사를 하는 듯한 착각에 빠졌다. 눈을 뜨고 바라보니 태무랑 위에 옥령이 앉아서 격렬하게 하체를 흔들고 있는 모습이 보인다.

다른 모습은 보이지 않지만 충분히 그 이상의 행동을 상상하고도 남았다. 그것이 미료의 온 정신과 몸을 활활 불타게 만들었다.

그날 밤에 미료는 최악의 밤을 보냈고, 반대로 옥령은 최고의 밤을 보냈다.

미료는 몸에 힘을 너무 주는 바람에 온몸이 뻐근했지만, 옥령은 심신이 날아갈 듯이 상쾌했다.

하지만 태무랑과 옥령이 정사를 나눴다는 사실을 아는 사람은 미료뿐이다.

태무랑이 소리를 차단했기 때문에 정사를 나누는 소리가 선실 밖으로는 일체 새어나가지 않았다.

다음날 아침. 하늘은 푸르고 맑았으며 바다는 드물게 잔잔한 날씨다.

쏴아아ㅡ

태무랑의 배는 물살을 가르면서 빠르게 남쪽으로 미끄러져 나아가고 있다.

"전방 오른쪽에 군선입니다!"

그때 배 앞머리에서 전방을 살피던 군통이 다급히 외치는 소리가 배 전체에 퍼졌다.

"맹 형! 좌측으로 방향을 틀게!"

비한이 조타를 잡고 있는 맹오에게 즉시 외쳤다. 비한은 맹오와 군통을 친구로 여기고 있다. 그래서 맹 형, 군 형이라 부르고 있다.

두 사람은 한사코 손사래를 치면서 태무랑의 친구인 비한이 그럴 수는 없다고 강경하게 반대했지만, 비한은 상관하지 않고 친구로 대했다.

비한의 외침에 맹오는 급히 조타를 왼쪽으로 틀어 배의 방향을 급선회하려고 했다.

그때 난간가에 서서 전방을 주시하고 있는 태무랑이 조용히 중얼거렸다.

"괜찮다. 그냥 가자."

비한과 맹오 등이 의아한 표정으로 쳐다보자 태무랑은 빙그레 미소 지었다.

"군선에서는 우릴 못 볼 테니까 가도 된다."

처음 군통의 외침에 소천군 등도 밖으로 나와 있다가 태무랑의 말을 듣고 의아한 표정을 지었다.

하지만 누구의 말인가. 태무랑의 말이 아닌가. 그가 그렇다고 하면 그런 것이다.

"가자, 맹오."

소천군이 말하면서 태무랑 곁으로 걸어오자 비한도 마침 같은 생각을 하고 있다가 맹오에게 조타를 꺾지 말라고 손짓을 해 보이고는 태무랑 곁으로 다가왔다.

촤아아—

태무랑 일행의 배는 물살을 가르며 곧장 나아갔다.

전방 오른쪽 이십여 리 거리에서 한 척의 거대한 군선이 이쪽으로 마주 다가오고 있다.

사방이 막힌 데 없이 탁 트여 있는 바다에서는 이십여 리 거리의 사물이 선명하게 보인다. 더구나 군선처럼 거대한 물체는 더 잘 보인다.

중인은 군선에서는 이쪽이 보이지 않을 것이라고 하는 태무랑을 믿으면서도 군선이 점점 가까이 크게 다가오자 긴장이 고조되어 한시도 군선에서 시선을 떼지 못했다.

"저기!"

그때 맹오가 다른 방향을 가리키며 칼에 옆구리를 찔린 듯한 신음 비슷한 소리를 냈다.

그가 가리킨 방향은 배가 나아가고 있는 전방 왼쪽이다. 그곳에도 군선이 나타났다. 아니, 나타난 것이 아니라 이쪽에서 다가가고 있는 것이다. 그런데 이번에는 두 척이고, 역시 거대한 크기다.

전방의 오른쪽에 한 척, 왼쪽에 두 척, 도합 세 척이다. 오른쪽 군선은 십여 리 정도 가까워졌으며 왼쪽 군선은 더 멀리에 정박해 있는 모습이다.

태무랑 일행의 배는 통제 해역인 오십여 리 안쪽으로 이미 십여 리 이상 진입한 상태다.

지금쯤이면 오른쪽의 군선에서도 태무랑 일행의 배를 충분히 발견할 수 있을 거리다. 그런데도 군선에서는 아무런 반응도 없었다.

사실 태무랑네 배 주위에는 안개, 즉 해무(海霧)가 자욱하게 깔려 있다.

물론 해무를 일으킨 사람은 바로 태무랑이다. 그래서 가까이에서 봐도 짙은 해무 속에 감춰져 있는 배를 발견하지 못하는 것이다.

바다에서 해무가 피어나는 경우는 다반사다. 또한 해무는

때와 장소를 가리지 않고 아무 곳에서나 형성된다. 그리고 바다 전체가 해무에 뒤덮이는 경우도 있지만, 부분적으로 해무가 생기는 일도 있다. 지금 태무랑네 배처럼 말이다.

하지만 태무랑네 배에서는 밖이 아주 잘 보인다. 뿐만 아니라 중인은 해무가 끼었다는 사실조차 모르고 있다. 그러니 다들 어리둥절할 수밖에 없는 것이다.

밖에서 보면 짙은 해무가 끼어 있는데 안에서는 그런 사실조차 모르고 있으니, 이것이야말로 신기(神技)가 아닐 수 없다.

이윽고 태무랑네 배와 오른쪽 군선의 거리가 수십 장 이내로 가까워졌다.

군선은 태무랑네 배보다도 백 배 이상 큰 규모다. 길이가 무려 칠팔십여 장, 높이가 십오륙 장에 달했다. 또한 양쪽에 여러 개의 화포(火砲)를 장착하고 있다.

화포는 최단 수백 장에서 최장 십여 리까지 먼 거리의 표적을 단번에 박살 낼 수 있는 화력을 지니고 있다.

태무랑과 옥령, 소천군, 미료, 한천궁주 등은 배의 오른쪽 난간가에 나란히 서서, 그리고 비한과 맹오, 군통은 조타와 배의 앞뒤에서 군선을 주시하고 있었다.

잠시 후에 두 대의 배는 나란히 스쳐 지나갔다. 거리는 이십여 장에 불과했다. 그 정도면 물건을 던지면 충분히 받을 수 있는 거리다.

군선이 까마득히 높아서 태무랑네 배 쪽에서는 올려다보이지 않았다.

단지 군선 난간가에 드문드문 도열해 있는 수군들의 모습이 보일 뿐이다.

그런데 난간가의 수군들이 아래쪽, 즉 태무랑네 배를 똑바로 쳐다보고 있으면서도 아무것도 발견하지 못한 듯한 모습이었다.

촤아아—

두 대의 배가 지나친 후에 태무랑은 저 멀리 전방 우측을 쳐다보았다.

"저기가 봉래로군."

모두들 이십여 리쯤 떨어진 해안에 매우 크고 번성한 포구를 쳐다보았다.

태무랑은 소천군에게 공손히 말했다.

"할아버님, 우선 봉래부터 살펴보도록 하죠."

태무랑네 배는 봉래포구 조금 못 미치는 곳의 지하(芝河)라는 강 하구의 울창한 갈대숲 속에 배를 감추고 경공으로 봉래현에 잠입했다.

배에는 아무도 남지 않았다. 누가 남아 있을 이유가 없을뿐

더러 단유천이 있는 곳을 찾아내려면 한 사람이라도 더 필요한 상황이다.

태무랑과 함께 있는 사람 중에서 절정고수가 아닌 사람은 아무도 없다.

옥령은 원래 오래전에 태무랑에게 무공을 잃었었다. 하지만 이번에 태무랑이 그녀의 무공을 회복시켜 주었으며, 여러 가지 기연을 베풀어 예전보다 몇 배나 더 고강한 초절고수로 변신시켜 주었다.

태무랑의 몸종 신분이었던 그녀는 이제 온전한 태무랑의 여자로 거듭난 것이다.

봉래현 내에는 일반 백성이 한 명도 남아 있지 않은 상태였다. 있다면 군사들의 식사를 담당하는 숙수들이나 군선, 화포, 포탄, 무기 등을 만드는 장인과 전문가들뿐이다. 그들은 일반 백성이 아니라 군속(軍屬)이라고 해야 옳다. 군속은 준군사다.

그렇기 때문에 태무랑 일행이 경장 차림으로 봉래현 내를 활보한다면 외부인이라고 즉시 의심을 받게 될 것이다.

태무랑이나 일행 모두 마음먹기에 따라서는 눈에 띄지 않게 돌아다닐 수 있지만 언제까지나 그렇게 다니는 것은 번거롭다.

또한 경계가 워낙 삼엄하기 때문에 자칫 작은 실수라도 하면 즉시 발각되고 말 것이다.

그리고 단유천이 있는 곳을 알아내려면 봉래현 내를 자유롭게 다녀야 하고, 그러려면 아무래도 변장을 하는 편이 좋을 듯했다.

태무랑 일행은 봉래현 인근에 이르러 몇 가지 자잘한 사실을 알아냈다.

경계를 하는 군사들의 종류는 모두 세 종류인데, 첫 번째가 길목이나 중요한 위치에 붙박인 채 움직이지 않으면서 정해진 시간마다 교대를 하는 외초군(外哨軍), 청색 군복을 입고 있다.

두 번째는 외초군과 외초군 사이의 일정한 거리를 왔다 갔다 반복하는 계보군(戒步軍)이며, 갈색 군복을 입었다.

세 번째는 어느 장소에 붙박여 있지도 않으면서 일정한 거리를 왕복하지도 않고 발길 가는 대로 마음대로 돌아다니면서 수상한 자를 색출하는 순찰군(巡察軍), 붉은 홍의 군복을 입고 있다.

외초군은 열 명으로 이루어졌으며, 계보군은 다섯 명, 순찰군은 여덟 명으로 이루어졌다.

태무랑 일행은 가장 입맛에 맞는 순찰군을 골랐다. 아무 곳이나 마음대로 돌아다닐 수 있기 때문이다. 게다가 태무랑 일

행이 여덟 명인데, 순찰군도 여덟 명으로 이루어졌다는 것이
마음에 들었다.

그런데 순찰군을 찾는 것이 생각처럼 쉽지 않았다. 일정하
게 지정된 곳 없이 돌아다니는 만큼 어디에 있는지 찾아내는
것이 수월하지 않았다.

태무랑은 순찰군을 찾으러 돌아다니면서 다른 방법을 생
각해 보았다.

즉, 일행 여덟 명이 두 명씩 짝을 이루든지 아니면 각자 뿔
뿔이 흩어져서 단유천이 있는 곳을 찾아내는 것이다. 단유천
을 찾으면 그곳에 수월화도 있을 테니 무조건 그를 목적으로
삼았다.

하지만 그렇게 하는 것은 다소 무리가 따른다. 봉래현이 워
낙 넓기 때문이다.

아마도 원래는 이렇게 넓지 않았을 것이다. 이곳에 동해군
영이 들어서면서 북경보다 서너 배나 큰 규모의 진영으로 변
모했을 것이다.

그것을 여덟 명이 뿔뿔이 흩어져서 찾다가 누군가 자칫해
서 발각이라도 되든지 아니면 의외의 변수라도 생긴다면 골
치 아픈 일이 벌어진다.

그러면 수월화를 찾는 일 말고 또 다른 일거리가 생기게 되
는 것이다.

태무랑이 궁리를 하고 있을 때 뜻밖에 옥령이 급히 전음을 보냈다.

[찾았어요. 저기!]

그녀는 수많은 수레와 일꾼, 그리고 군사들이 오가는 대로의 한곳을 가리켰다.

그들은 여덟 명이 일렬로 걸어오고 있는데, 머리에는 납작하면서도 챙이 넓은 모자를 썼으며, 붉은 군복을 입었고, 왼쪽 가슴에 '순(巡)' 이라는 한 글자가 수놓아져 있었다. 틀림없는 순찰군이다.

태무랑 일행은 점찍은 순찰군을 한동안 미행하다가 한적한 곳에 이르렀을 때 순식간에 제압하여 모두를 더 으슥한 곳으로 끌고 갔다.

그런데 뜻하지 않은 문제가 발생했다. 순찰군의 옷을 모두 벗겨서 갈아입었는데 미료와 한천궁주, 옥령의 체구가 작아서 옷이 지나치게 컸다.

남녀는 체구가 근본적으로 다르기 때문에, 더구나 세 여자는 너무 날씬해서 순찰군 중에서도 체구가 작은 편인 군사의 옷마저도 전혀 맞지 않았다.

세 여자 모두 상의가 무릎까지 내려왔고, 바지는 땅에 질질 끌렸으며, 손은 소매 속에 가려져서 보이지도 않았다. 그것은 바짓단과 소매를 접는다고 해서 해결될 일이 아니었다. 흡사 아이가 어른의 옷을 입은 듯한 모습이다.

"제가 어떻게 해볼게요."

그런데 미료가 옥령과 한천궁주를 데리고 풀숲 속으로 들어갔다가 잠시 후에 돌아왔다.

그런데 놀랍게도 세 여자 모두 몸에 딱 맞는 홍의 군복을 입고 있다.

한천궁주가 미소만 짓고 있는 미료를 대신해서 어떻게 된 일인지 설명했다.

"미료가 긴 소매와 바짓단을 잘랐어요. 그리고 또 나무를 가늘게 깎아서 바늘을 만들더니 자른 소매 단에서 실을 풀어 그것으로 바느질을 하여 품이 큰 옷을 우리 몸에 딱 맞게 줄였어요. 정말 대단한 솜씨예요."

한천궁주의 칭찬이 아니더라도 미료의 임기응변과 바느질 솜씨, 그리고 아무것도 없는 상황에서 바늘과 실을 만들어낸 재주는 칭찬을 하지 않을 수가 없다.

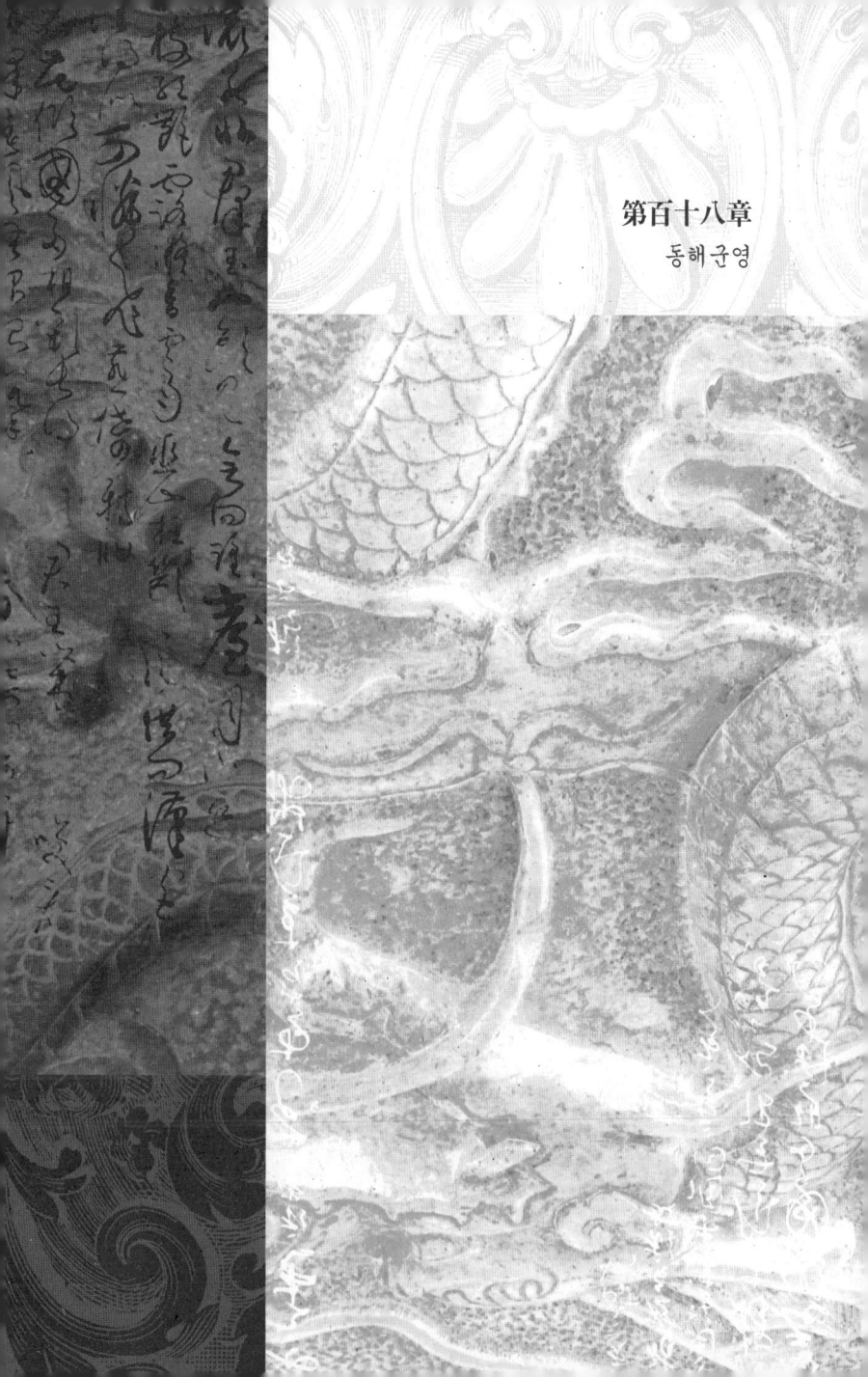

第百十八章
동해군영

　태무랑은 출발하기 전에 순찰군의 우두머리, 즉 수장(手長)
을 심문하여 몇 가지를 알아냈다.

　동해군영의 최고 우두머리는 사해대장군(四海大將軍)이라
고 하며, 그 휘하에는 도합 사해십팔군(四海十八軍)이 있고,
각 군은 이십만 명으로 이루어졌다. 사해십팔군을 모두 합치
면 무려 삼백육십만 대군이다.

　총본영(總本營)인 동해군영은 봉래에 있고, 휘하 사해십팔
군은 봉래 주변 십팔군항(十八軍港)에 흩어져 있다.

　태무랑이 수장에게 사해대장군이 누구냐고 묻자 사해대장

군이라는 대답이 돌아왔다. 모른다는 뜻이다.

　태무랑이 황제가 이곳에 있느냐고 묻자 수장은 모른다고 대답했으며, 단유천에 대해서도 전혀 아는 바가 없다고 했다. 최하급 말단 수장이 단유천을 알 리가 없다.

　동해군영에 대해서 물으니까 자신은 어디에 있는지만 알 뿐이지 가본 적은 없다고 하며 위치를 알려주었다.

　봉래에는 동해군영이나 사해십팔군 말고도 군사 천 명씩 주둔하고 있는 호위군(護衛軍)이 삼십 곳이나 곳곳에 흩어져 있다고 한다.

　그들 삼십호위군은 동해군영을 호위하는 역할만을 수행한다고도 했다.

　무려 삼만 호위군이 호위를 할 정도라면 동해군영이 도대체 어느 정도인지 상상조차 되지 않았다.

　태무랑은 일단 동해군영을 찾아가 보기로 했다. 총본영이니까 화명군이나 단유천이 있을 가능성이 크다.

　태무랑 일행은 동해군영의 어마어마한 규모에 적이 놀랐다. 그들은 이처럼 굉장한 건축물을 한 번도 본 적이 없다.

　천하제일인 자금성이 방대한 면적을 자랑한다면, 동해군영은 견고하고도 엄청난 규모를 뽐내고 있다.

　동해군영 전체가 높은 성벽에 둘러싸여 있으며, 성벽의 높이가 무려 십여 장에 이르렀다.

그리고 성벽 위에는 십 장 간격마다 망루가 배치되어 있고, 성벽 위에 넓은 길이 있으므로 그곳을 통해서 군사들이 왕래하면서 삼엄하게 지키고 있었다.

그 성벽 안쪽에 성벽보다 십여 배 이상 높은 고루거각들이 하늘을 찌를 듯이 솟아 있는 광경이 보였다.

동해군영은 하나의 거대한 성채의 모습을 하고 있었다. 수로를 파서 바닷물을 성안으로 끌어들여 깊고 넓은 운하를 만들었으며, 그곳으로 군선들이 자유롭게, 또 질서있게 드나드는 광경이었다.

그렇다는 것은 동해군영 안에 따로 커다란 군항이 있다는 뜻이다.

성을 한 바퀴 돌아보지는 않았으나, 저런 엄청난 규모의 고루거각들이 성안에 수백 채는 될 듯했다.

태무량은 동해군영의 규모를 보고 나서 이곳에 화명군과 단유천이 있을 것이라고 확신했다. 그들이 이런 곳을 놔두고 다른 군영이나 장산군도 같은 다른 군항에 있을 것이라는 생각이 들지 않았다.

이런 곳에 웅크리고 있으니까 자금성 따윈 장난감으로밖에 보이지 않는 것이다.

또한 그 둘의 목적은 천만대군을 양성하여 하늘 아래 모든 나라를 정복하는 것이므로 이런 곳에 웅크린 채 그 일을 꾸미고 있는 것이다.

하지만 태무랑은 순찰군의 복장을 하고는 동해군영으로 버젓이 걸어 들어갈 수 없을 것 같다는 생각을 했다.

순찰군 수장은 동해군영의 위치만 알 뿐이지 들어가 본 적이 없다고 하지 않았는가.

동해군영은 봉래현 한복판 바닷가에 위치해 있었다. 태무랑 일행은 지금까지 봉래현 남쪽에서 북쪽으로 뻗은 관도를 따라서 왔다.

그런데 만약 계속 북쪽으로 가려고 한다면 동해군영 성문에서 뻗어 나와 바다로 이어져 있는 운하를 가로질러서 건너야 한다.

운하의 폭은 무려 삼십여 장이며 성문 앞 십여 장쯤에 거대한 규모의 다리가 하나 가로질러 있다.

다리의 폭은 십오 장 정도고, 마차 십여 대가 나란히 지나갈 수 있을 정도로 넓었다.

북쪽으로 가지 않고 동해군영으로 가려면 다리를 건너기 전에 운하를 따라 성문 쪽으로 꺾어져서 가야 한다.

태무랑 일행은 일단 성문 앞을 지나가 보기로 하고 성문 쪽 다리 난간가를 일렬로 걸어갔다.

덜그럭, 덜걱.

온갖 물자를 실은 수레들이 끝없이 오가는 다리 왼편으로 걸어가고 있는 태무랑 일행은 비한이 앞서고 태무랑이 중간에, 그리고 마지막에 소천군이 묵묵히 따랐다.

모두들 앞만 주시하며 걸어가는데 태무랑과 소천군만 성문 쪽을 슬쩍 살폈다.

두 사람만 성문을 살펴보고 나머지 여섯 명은 계속 순찰군 행세를 하는 것이다. 이곳은 보는 눈이 많은 곳이니까 순찰군으로 있을 때는 안심이다. 모두 성문을 힐끗거린다면 괜한 의심을 살 뿐이다.

성문은 실로 거대하기 짝이 없으며, 한복판에는 운하가 흐르며 군선들이 왕래하고 있고, 다리에서 볼 때 왼쪽으로 군사나 고수들이 들어가고, 오른쪽으로 나오는 광경이다.

좌우의 성문은 활짝 열려 있으며, 각각의 폭이 십여 장에 이르고, 입구와 출구 양쪽으로 오륙십 명의 군사들과 이십여 명의 무림고수들이 삼엄하게 지키고 있다.

성문 복판 위쪽에는 육중하고 거대한 성문이 굵은 쇠사슬에 묶여서 올려 있는데, 그것을 내리면 운하를 비롯한 성문 전체를 가로막게 되어 있는 구조였다.

태무랑은 모습을 보이지 않게 하여 성문으로 잠입하는 것이 가능하지만, 다른 일곱 명은 불가능했다.

아무리 초절고수고 절정고수라고 해도 군사와 고수 팔십

여 명이 눈에 불을 켜고 지켜보고 있는 가운데 성문을 통과하는 일은 있을 수 없다.

성문 앞 다리를 건넌 태무랑 일행은 이각 후에 동해군영 서쪽, 즉 성 뒤쪽 성벽 아래에 모여 있었다.

여기까지 오면서 대충 거리를 재보니까 동쪽의 성문에서 성 뒤쪽까지의 거리는 무려 십여 리에 달했다. 동서의 길이가 십여 리고, 남북도 그 정도는 될 듯했다. 자금성하고는 비교도 되지 않는 어마어마한 규모였다.

또한 성벽 둘레에는 폭 이십여 장의 넓고도 깊은 해자(垓字)가 설치되어 있고, 해자 안쪽, 즉 성벽 아래에서는 군사들과 무림고수들이 거의 이어져 있다시피 끊임없이 순찰을 돌고 있었다.

이십여 장 너비의 해자라면 그것을 단번에 건널 수 있을 정도의 실력자는 절정고수 이상뿐이다.

해자 이쪽 태무랑 일행이 숨어 있는 곳은 완만한 언덕의 울창한 숲이다. 동해군영은 바닷가 쪽 산자락을 파내고 그곳에 건축되었다.

태무랑은 나뭇가지 사이로 성벽 위쪽을 주시하면서 모두의 머릿속에 자신의 뜻을 전했다.

'지금 시각은 자시(밤 12시). 무슨 일이 있어도 두 시진 후

인시(새벽 4시)까지는 이곳에 집결해야 한다.'

모두들 묵묵히 고개를 끄덕였다.

태무랑은 염려스러운 표정으로 몇 사람을 쳐다보았다. 미료와 한천궁주, 맹오와 군통이다.

다른 사람에 비해서 그들 네 명의 무공이 낮고 경험도 부족하다는 생각 때문이다.

그나마 미료는 현상금 사냥꾼 노릇을 오랫동안 하면서 산전수전 두루 겪었고, 한천궁주는 철화천궁의 지부주로서 수많은 수하들을 거느렸기 때문에 경험이 풍부한 편이라서 조금 걱정이 덜 된다.

하지만 맹오와 군통의 경험이라곤 개방 제자였던 것과 거지 패거리의 왕초였던 것, 그리고 태무랑과 함께 천산산맥에 다녀온 것이 전부다.

그 정도로는 복마전(伏魔殿)이나 다름없는 동해군영에 잠입하여 단유천이나 수월화를 찾아낸다는 것이 지금으로선 불가능해 보인다.

태무랑은 이미 두 명씩 짝을 지어주었다. 하지만 다시 생각해 봐야 할 것 같았다.

'할아버님께서 군통을 데리고 가십시오.'

그의 말에 소천군은 고개를 끄덕였다.

[오냐.]

소천군이 군통과 한 조를 이룬다면 별일이 없는 한 안심할 수 있을 것이다.

그때 미료가 톡 나섰다.

[저는 이 사람하고 가겠어요. 제가 잘 보살필게요.]

그녀가 선택한 사람은 비한이다. 누가 누굴 보살핀다는 것인지. 그 말을 듣고 비한은 빙그레 미소만 지을 뿐이다. 미료에게 보호받을 준비가 됐다는 뜻이다.

그래서 한천궁주는 자연히 맹오와 짝이 지어졌다.

태무랑은 다시 한 번 모두에게 주의를 주었다.

'각자 맡은 지역을 살펴보는 것 외에는 어떤 행위도 하지 말아야 한다. 살펴보는 도중에 발각되면 무조건 동해군영을 빠져나와 배가 있는 방향으로 도주한다. 이후 추격을 따돌렸다고 확신하면 배로 돌아온다.'

모두들 진중한 표정으로 고개를 끄덕였다.

동해군영을 동서남북 네 개 지역으로 나누어서 네 개 조가 조사를 하는 것이다.

'가자.'

태무랑의 말과 함께 두 명씩 짝을 이룬 여덟 명은 숲 위로 솟구쳐 올랐다가 성벽을 향해 수평으로 쏘아갔다.

태무랑은 옥령과 한 조를 이루었으며, 동해군영의 남쪽을 수색하기로 했다.

황궁이든 왕궁, 장군부 같은 곳에서는 최고 우두머리의 거처를 항상 남쪽에 짓는 것이 통례다.

더구나 북방 지역은 더욱 그렇다. 남향이 일조량이 가장 많아서 따뜻하기 때문이다.

태무랑은 옥령의 허리를 안고 한 오 층짜리 전각의 지붕 위에 올라섰다.

동해군영 내에서 오 층짜리 전각은 낮은 축에 속한다. 가장 높은 전각, 아니, 누각 형태의 전각이 십오 층에 달하는 것도 있다.

성안에 들어와서 보니까 밖에서 보던 것보다 전각이 훨씬 더 많았다.

대충 봐도 족히 육백여 채는 될 듯했다. 더구나 하나같이 거대한 규모다.

태무랑이 전각 지붕에 올라온 데는 이유가 있다. 수월화가 어디에 있는지 알아내려는 것이다.

그는 수월화의 호흡과 심장 박동, 맥박 등을 잘 알고 있는 터라서 그것으로 그녀가 있는 위치를 알아내려는 것이다. 사람이 천 명 있으면 천 명의 호흡과 심장 박동 등이 제각각 다르기 때문이다.

단지 소리를 감지하는 것뿐이므로 구태여 높은 곳에 올라

갈 필요가 없다.

현재 태무랑의 능력으로는 최소한 오 리 이내의 맥박 소리
를 식별할 수가 있다.

그는 지붕에 우뚝 서서 제자리에서 천천히 한 바퀴 회전하
며 소리를 감지했다.

그가 왼팔로 옥령의 허리를 안고 있기 때문에 그녀는 두 발
이 지붕에 닿지 않은 채 떠서 그를 따라 함께 한 바퀴를 회전
했다.

그러나 옥령은 그가 주위를 한차례 둘러보는 것이라고만
생각했다.

한 달쯤 전에 자금성에서 강시동녀가 될 뻔했다가 태무랑
손에 의해서 구사일생 살아난 이후 그녀는 세 번째 새로운 인
생을 살고 있는 중이다.

첫 번째 인생은 부모로부터 태어나서 화명군의 제자로 살
았던 시기다.

그때는 그것이 인생의 전부이고 죽을 때까지 그렇게 살 것
이라고 생각했다. 그리고 그것이 그녀 딴에는 행복이라고 여
겼다.

두 번째는 태무랑에게 제압되어 무공을 잃고 그의 몸종이
되어 살았던 인생이다.

처음에는 죽을 것처럼 수치스럽고 힘들었으나 나중에는

오히려 첫 번째 인생 때보다 더 행복하다고 생각했다. 진정한 행복은 사내로부터 오는 것이고, 자신이 목숨을 다해서 사랑하는 사내를 찾았기 때문이다.

그리고 세 번째가 지금이다. 태무랑이 말은 하지 않았어도 지금의 그녀는 그의 여자가 되었다.

무공을 되찾았으며, 예전에 비해서 서너 배 이상 상상을 초월할 정도로 고강해졌다.

하지만 그따위 것은 그다지 중요하지가 않다. 무공을 아예 못하더라도 그녀에겐 태무랑의 여자가 됐다는 사실이 가장 중요하다.

옥령은 이십이 년 길지 않은 생을 살아오면서 지금처럼 행복한 적이 없었다.

태무랑의 몸종으로 있을 때, 그에게 짓밟힘을 당한 후에 몸과 마음으로 그에게 복종했던 시기가 있었다.

그녀는 그 당시에 죽을 때까지 몸종으로 있더라도 태무랑의 곁에만 있으면 행복하다고 생각했다.

그런데 지금은 그때하고는 비교도 할 수 없을 정도로 행복이 넘칠 지경이다.

매 순간순간이 꿈을 꾸는 것만 같다. 정말 내가 이렇게 행복해도 될까 하고 의구심이 들 정도다.

몸종이었을 때는 죽을 때까지 태무랑의 곁에만 있으면 행복할 것이라고 생각했다.

그런데 지금은 당장 죽는다고 해도 여한이 없다는 생각이다. 하지만 이왕이면 역시 죽을 때까지 그의 곁에 있는 쪽이 훨씬 행복할 것이다.

한 바퀴 돌고 난 태무랑은 한 바퀴를 더 돌았다. 그리고 첫 번째보다 더 천천히 회전했다. 첫 바퀴에서 수월화를 감지하지 못했기 때문이다. 하지만 두 바퀴를 돌았는데도 뜻을 이루지 못했다.

그는 포기하지 않았다. 수월화를 감지하지 못하는 데에는 두 가지 원인이 있을 수 있다.

그녀가 공기조차 스며들지 못할 정도의 밀실 같은 곳에 감금되어 있거나, 아니면 굉장한 기도를 지니고 있는 고수가 근처에 있을 경우다.

그런 정도의 고수라면 적어도 태무랑과 맞먹는 실력을 지니고 있어야 한다.

두 가지 원인 다 가능하다. 단유천이 수월화를 지하 깊은 석실에 감금했을 수도 있고, 그녀를 지척에 두고 있을 수도 있다.

이렇게 되면 방법은 한 가지뿐이다. 전각을 하나씩 파악해야만 하는 것이다.

그렇다고 전각에 들어가서 살펴볼 필요까지는 없다. 전각을 한 바퀴 돌거나 지붕 위에 올라서기만 하면 그녀를 감지할 수 있다.

그녀가 아무리 밀폐된 석실에 감금되었다고 해도, 또한 절대고수 근처에 있다고 해도 태무랑이라면 수백 장 이내에서 간파할 수가 있다.

문득 어떤 생각이 떠오른 태무랑은 옥령을 굽어보며 자신의 생각을 전했다.

'령아, 수월화는 내게 소중한 사람이다.'

그는 옥령으로서는 한 번도 본 적이 없는 따스한 눈빛을 하고 그렇게 말했다.

옥령은 조용히 그의 말을 들었다.

'그녀는 지금의 나를 있게 해준 사람이다.'

그 말에 옥령은 가슴이 저렸다. 수월화는 오늘날의 위대한 무적신룡을 탄생시킨 여자인 데 반해서, 자신은 한때 그의 원수였다는 생각이 든 것이다.

비교하는 자체가 무리다. 수월화는 충분히 사랑받을 자격이 있지만, 옥령은 전혀 그렇지 못한 존재인데도 지금 넘치는 사랑을 받고 있다.

'그녀를 구하지 못한다면 나는……,'

태무랑은 잠시 말을 멈추었다. 옥령이 쳐다보자 그는 차마 말하는 것조차도 두렵다는 표정을 지었다.

'숨이 끊어지는 순간까지 불행할 거야.'

그의 괴로워하는 듯한 목소리를 듣고 옥령은 가슴이 촉촉하게 젖었다.

그 한마디에 태무랑이 수월화를 얼마나 사랑하고 있는지 뼛속 깊이 느낄 수 있기 때문이다.

하지만 추호도 질투 따윈 느껴지지 않았다. 오히려 태무랑이 진정으로 사랑을 할 줄 아는 사내라는 생각이 들었다.

그리고 그녀 자신도 열심히 노력하여 언젠가는 태무랑에게서 수월화 같은 사랑을 듬뿍 받을 수 있을 것이라고 자위했다.

사람이란 나쁜 생각을 하기 시작하면 한도 끝도 없다. 태무랑이 수월화를 그렇게 생각하고 있다면 옥령은 도대체 나는 어떻게 생각하느냐고 물을 수도 있다.

그리고 태무랑에게서 '너는 수월화하고는 비교조차 할 수 없는 존재'라는 말을 듣는다면 기분이 몹시 나빠질 것이고, 수월화가 죽이고 싶도록 미울 것이다.

하지만 반대로 좋게 생각하는 것도 끝이 없다. 그러려면 '이해'라는 것이 선행되어야 한다.

태무랑을 이해하고, 또한 그와 수월화의 관계, 그리고 옥령 자신과 태무랑, 수월화와의 관계 등을 두루 이해한다면 누구를 원망해서도 안 된다는 사실을 깨닫게 될 터이다.

그리고 지금 자신이 이만큼이라도 태무랑의 사랑을 받게 된 것에 대해서 감사하는 마음이 저절로 생길 것이다. 지금 옥령은 태무랑에 대해서, 그리고 주변의 모든 것을 이해하고 있다.

태무랑의 마지막 말이, 아니, 뜻이 옥령의 머릿속을 울렸다.

'그녀가 어떤 모습으로 변해 있든, 어떤 일을 당했든 살아만 있기를 바란다.'

그 말은, 단유천이 수월화를 짓밟았더라도 그녀가 살아만 있으면 기꺼이 받아들이겠다는 뜻이다.

옥령은 그때 한 가지 사실을 깨달았다. 만약 자신에게 그런 일이 생긴다고 해도 태무랑은 끝끝내 찾아내서 품에 안아줄 것이라고.

그때 태무랑의 말이 옥령에게 전해졌다.

'업혀라. 그게 편하겠다.'

옥령은 즉시 그의 등에 업혔다. 그가 불편하지 않도록 두 팔을 겨드랑이 밑으로 넣어 가슴을 꼭 끌어안고 두 발로 허리를 안았다.

반 시진이 지났다.

태무랑은 자신이 맡은 동해군영 내 남쪽 지역 백오십여 채의 전각을 일일이 둘러보았으나 끝내 수월화의 기척을 감지하지 못했다.

그렇다는 것은 두 가지 경우에 속한다. 수월화가 남쪽 지역에 없거나, 아니면 새로운 변수의 등장이다.

즉, 그녀가 지하 깊은 곳의 밀폐된 곳에 감금된 것도 아니고, 단유천 같은 절대고수 근처에 있는 것도 아닌 또 다른 경우라는 것이다.

하지만 그것이 무엇인지는 지금으로선 추측조차 할 수가 없는 상황이다.

태무랑은 방금 마지막으로 살펴본 전각 모퉁이에 우뚝 선 채 암울한 눈빛으로 주위를 둘러보았다.

그가 서 있는 곳 삼사 장 앞에서 무극신련의 일류고수처럼 보이는 자들 다섯 명이 태무랑의 모습을 보지 못하고 그냥 스쳐 지나갔다.

태무랑은 이제 어떻게 해야 할지 조금 막막하다는 생각이 들었다.

지금 그가 할 수 있는 것은 다른 지역, 즉 동, 서, 북쪽 지역을 살펴보는 것인데, 그렇게 해봐도 성과가 있을 것 같지 않다는 생각이 들었다.

수월화가 분명히 동해군영 내에 있을 것이라고 확신했기 때문에 실망감도 컸다.

[저기요…….]

그때 그의 가슴을 꼭 안은 채 업혀 있던 옥령이 조심스럽게
전음을 보냈다.

수월화를 찾는 일에 온 정신을 집중하고 있던 태무랑은 그
녀가 업혀 있다는 사실도 잊고 있을 정도였다.

'무랑가라고 불러라.'

그의 말에 옥령은 가슴이 터질 것처럼 기뻤다. 태무랑을
'무랑가'라고 부르는 여자들은 특별한 사람뿐이다. 옥령이
알기로는 수월화와 태화연, 은지화 정도가 전부다. 그녀들은
태무랑에게 매우 중요한 존재들이다.

그런데 이제 그녀도 그녀들의 대열에 합류하게 된 것이다.
그것은 그녀가 진정한 태무랑의 여자가 되었음을 의미하는
것이다.

[무랑가.]

그녀는 행복한 마음으로 수많은 의미를 담고서 태무랑을
다시 한 번 불렀다.

[관음상(觀音像)이 있는 곳을 찾아보세요.]

그녀의 뜬금없는 말에 태무랑은 의아한 표정을 지었다.

'관세음보살상을 말하는 것이냐?'

[네. 예전부터 단유천은 자신의 거처나 중요한 곳에 관세음
보살상을 세워두는 습관이 있어요.]

관세음보살은 '세상의 모든 중생들이 해탈할 때까지 성불하지 않겠다' 면서 세상의 환란으로부터 중생을 지켜주는 보살로 유명하다.

옥령은 씁쓸한 표정을 지었다.

[예전에 단유천은 자신이 관세음보살처럼 천하의 백성을 지켜주는 위대한 인물이 되겠다고 자주 말했어요. 그래서 그 결심을 잊지 않기 위해서 자신의 방이나 거처 입구에 꼭 관음상을 세워두었어요.]

태무랑은 단유천의 가증스러움에 저절로 실소가 났다. 지금의 단유천이 초마신이 되었다고 하지만, 그는 예전부터 악마였다.

그렇지 않고서야 어찌 금강불괴지체계획을 추진하면서 그토록 많은 죄를 저질렀겠는가.

태무랑은 옥령의 말에 그다지 기대를 하지 않았다. 단유천이 예전에는 설령 그랬더라도 초마신이 된 지금도 그럴 것이라는 생각이 들지 않았다.

'알았다.'

하지만 별 뾰족한 방법이 없는 지금으로선 시도해 볼 만한 방법임에는 분명하다.

만약 관음상을 찾지 못한다면 다른 세 개 지역을 일일이 다 찾아보는 수밖에 없다.

이각 후 태무랑은 자신이 맡은 남쪽 지역 내에서 두 개의 관음상을 찾아냈다. 과연 옥령의 말이 맞았다. 초마신이 된 단유천은 아직도 자신이 세상을 구원할 것이라고 믿고 있는 것이다.

하지만 그곳은 그가 이미 살펴봤던 곳이다. 그런데도 다시 한 번 청력을 돋우어 수월화의 기척을 감지하려고 했으나 역시 실패했다.

그러나 한 가지 분명한 것은, 단유천이 아직도 관음상을 신봉하고 있다는 사실이다.

그렇다는 것은 그가 동해군영 내에 분명히 존재하고 있다는 것이다.

관음상이 세워진 두 곳 중 한 곳은 십오 층 규모의 까마득히 높은 누각이었고, 다른 한 곳은 사 층짜리 한 채의 전각이었다. 두 건물은 삼백여 장 거리를 두고 있었다.

십오 층 누각은 한눈에도 집무를 보는 곳 같았고, 사 층 전각은 아무리 봐도 전혀 특별해 보이지 않는 그저 평범한 숙소 같았다.

태무랑은 십오 층 누각과 사 층 전각을 한 번씩 더 살펴보면서 청력을 돋우었으나 결과는 똑같았다. 수월화가 두 건물에 없는 것은 분명했다.

[저기에 들어가 봐요.]

태무랑이 발길을 돌리려는데 옥령이 사 층 전각을 가리켰다.

그는 이유를 묻지도 않고서 즉시 사 층 전각으로 쏘아 들어갔다.

때로는 이유를 설명하기 어려운 직감이나 뭐 그런 비슷한 것이 있는 법이다.

옥령은 단유천의 습성을 잘 알기 때문에 둘 중에 하나를 고르라면 십오 층 누각보다는 사 층 전각에 단유천이 있을 것이라고 추측했다.

사 층 전각은 얼마나 평범한 곳인지 대전 입구를 지키는 군사조차 한 명 보이지 않았다.

그가 들어선 일층은 벽에 드문드문 유등이 켜져 있을 뿐 아무도 보이지 않았고 무덤 속처럼 조용했다. 하긴 자정이 훨씬 넘은 늦은 시각이니까 하녀마저도 돌아다니지 않는 것이 당연한 일이다.

일층에서는 몇 사람의 기척이 느껴졌다. 여자이며 무공을 지니지 않은 것으로 미루어 하녀인 듯했다. 고른 숨소리는 그녀들이 깊이 잠들어 있음을 말해주고 있다.

태무랑은 허공에 뜬 채 계단을 통해서 이층으로 향했다. 그러나 이층과 삼층 모두 마찬가지다. 남자는 없으며 여자들만 잠들어 있는데 모두 하녀들인 듯했다.

그는 사층으로 올라가다가 문득 이상한 생각이 들었다. 이 전각에 하녀들만 있다는 사실이 이상했다.

하녀들의 직분은 상전을 모시는 것이다. 그런데 이곳에는 상전은 없고 하녀들만 있었다. 그렇다고 이 전각이 하녀들의 숙소라고 생각되지는 않았다.

그러기에는 내부가 너무 크고 화려했다. 그리고 이 전각의 위치가 남쪽 지역의 요지에 지어져 있다. 하녀들의 숙소로는 어울리지 않는 위치다.

덜컥!

그런 생각을 하면서 사층에 막 올라선 태무랑은 갑자기 전방의 벽 쪽으로 난 하나의 문이 활짝 열리는 것을 발견하고는 즉시 모퉁이에 몸을 감추었다.

그런데 방금 열린 문은 바깥으로 향해 있었다. 즉, 창처럼 바깥 허공으로 뚫린 문이라는 뜻이다.

그렇다면 누군가 일층으로 들어오지 않고 허공을 통해서 사층으로 직접 들어오도록 만든 문이다.

아무리 좋게 봐주려고 해도 이상할 수밖에 없다. 어째서 일층으로 출입하지 않고 사층으로 직접 들어온다는 말인가. 더구나 허공을 통해서 말이다.

태무랑은 모퉁이로 한쪽 눈을 살짝 내놓은 채 열린 문을 뚫어지게 주시했다.

그리고 다음 순간 아무런 기척도 없이 하나의 인영이 그 문을 통해서 사층으로 날아들었다.

태무랑으로선 사층 벽에 갑자기 문이 생겨날 것이라는 사실과 그곳으로 누군가 날아서 들어올 것이라고는 추호도 예상하지 못했다.

그런데 그곳 문을 통해서 날아든 사람의 얼굴을 본 순간 태무랑은 눈을 부릅떴다.

'단유천!'

놀라운 일이 벌어졌다. 그자는 틀림없는 단유천이었다. 예전 모습보다 많이 변하긴 했지만 그를 알아보지 못할 태무랑이 아니다. 그가 한 줌의 재가 된다고 해도 알아볼 수 있을 것이다.

단유천은 일신에 먹물 같은 흑의를 입었다. 긴 머리카락을 뒤에서 질끈 검은 천으로 묶었고, 이마도 검은 비단 천으로 묶은 모습이다.

예전하고는 달리 짧고 거친 수염을 길렀다. 그런데 수염이 피처럼 붉은색이다. 그는 예전에 태무랑에게 부상을 당해서 한쪽 눈이 애꾸가 됐고 또 한쪽 팔을 쓰지 못했는데 지금은 멀쩡한 모습이다.

자르르.

그때 태무랑은 뭔가 쇠사슬 같은 것이 감기는 듯한 소리가
활짝 열린 문밖 허공에서 흐르는 것을 들었다.

그 순간 가슴이 두근거렸다. 그는 방금 들린 그 소리가 무
엇을 뜻하는지 모른다.

그런데도 갑자기 이유도 없이 가슴이 마구 두근거리면서
숨이 가빠졌다.

문득 태무랑의 시선이 단유천의 왼손으로 향했다. 그의 왼
손목에는 하나의 줄이 감겨져 있었다.

손가락보다 훨씬 가늘면서 눈부시게 흰 줄이다. 그런데 그
줄이 무엇으로 이루어졌는지는 알 수가 없다. 다만 보통 쇠줄
은 아닐 것 같았다.

하지만 방금 들었던 소리가 그 줄이 감기면서 낸 소리라는
것을 짐작할 수가 있다.

스으.

그때 깃털 하나가 살랑이면서 떨어지는 듯한 극히 미약한
소리가 나면서 활짝 열린 문으로 하나의 물체가 쏜살같이 확
날아들었다.

그 물체가 무엇인지 확인하는 순간 태무랑의 두 눈이 찢어
질 듯이 부릅떠졌다.

"……!"

그 물체는 사람이었고, 여자였으며, 태무랑이 그토록 찾아

헤맨 수월화가 틀림없었다.

시체나 다름없는 깡마른 얼굴, 마구 헝클어진 머리카락에 핏기 하나 없는 창백한 얼굴, 역시 핏기 없는 흰 입술 사이에서 한 줄기 피가 흘러나왔으며 입고 있는 흰옷은 여기저기 찢어져서 속살이 내비치고 있었다.

'령아……'

또한 그녀는 신발도 신지 않은 맨발이었으며 목에 하나의 고리를 차고 있었다.

한 주먹도 안 될 듯한 작은 고리에 그녀의 희고 긴 목이 슬프게 채워져 있었다.

그리고 그 고리에 가느다란 흰색 줄이 연결되어 있었다. 단유천의 손목에 묶여 있는 바로 그 줄이다.

즉, 단유천의 손목과 그녀의 목이 이 장 남짓 길이의 줄로 연결되어 있는 것이다.

그렇다는 것은 단유천이 줄을 당기면 그녀는 끌려갈 수밖에 없다는 뜻이다.

또한 그가 가는 곳이라면 그녀도 어디든지 끌려가야만 한다는 의미다.

수월화의 목에서는 새빨간 피가 흘렀다. 목에 채워져 있는 고리 때문에 목과 그 아래 부위는 선혈이 낭자했다.

움직이거나 단유천이 잡아당길 때마다 고리가 그녀의 목

에 깊이 파고들어 상처를 내서 피를 흘리게 했다.

쿠당탕!

문을 통과하여 안으로 쏜살같이 날아들어 온 수월화는 바닥에 부딪쳤다가 퉁겨지며 벽에 부딪쳤다.

그러나 그녀는 신음 한마디 흘리지 않았다. 고통을 참으려고 이를 악물지도 입술을 깨물지도 않았다. 그저 이런 고통에 익숙한 듯 무덤덤한 표정이다. 신음을 흘리면 단유천이 즐거워할 것 같아서 일부러 아무렇지도 않은 듯한 그런 표정이었다.

태무랑의 눈은 너무 부릅떠서 찢어질 듯했다. 온몸이 사시나무 떨 듯이 부들부들 떨렸다.

그리고 그는 뒤늦게 수월화의 밖으로 드러난 손과 맨발에 시선이 향하고는 혼절할 것처럼 분노했다.

그녀의 두 손과 두 발은 누더기처럼 짓이겨지고 너덜너덜한 상처투성이였다.

그렇다면 걸레처럼 찢어진 옷 안에 감추어진 몸에도 무수히 상처가 났을 것이다.

지금처럼 아무렇게나 내동댕이쳐질 때마다 상처가 하나씩 새겨졌을 테니까 말이다.

태무랑의 등에 업혀 있는 옥령은 모퉁이 안쪽에 있기 때문에 모퉁이 너머에서 지금 무슨 상황이 벌어지고 있는지 볼 수가 없고 알 수도 없다.

하지만 태무랑의 몸이 단단하게 경직되고 또 부들부들 떨리는 것을 느끼고 지금 무슨 중대한 일이 벌어지고 있다는 사실을 깨달았다.

태무랑이 이 정도로 격렬한 반응을 보이고 있다면 그것은 굉장한 일이 분명할 것이다.

그렇지만 옥령은 고개를 내밀어 모퉁이 너머에서 대체 무슨 일이 벌어지고 있는지 확인하지 않았다.

그런 행동이 태무랑에게 결정적인 피해를 안겨줄 수도 있기 때문이다.

그때 단유천이 힐끗 뒤돌아보자 태무랑은 즉시 모퉁이 안으로 얼굴을 잡아당겼다.

단유천이 그를 발견한 것은 아니다. 단지 수월화를 돌아보려는 것뿐이다.

그렇지만 태무랑은 수월화 뒤쪽에서 훔쳐보고 있었으므로 숨어야만 한다.

그렇다고 해서 태무랑이 수월화와 단유천을 보지 못하는 것은 아니다.

그는 시선을 굴절시키는 능력을 지니고 있다. 즉, 모퉁이 이쪽과 저쪽 사이에 거울을 놓고 비춰서 보는 원리를 이용하면 된다.

단유천이 수월화를 굽어보고 있는 장면이 보였다. 그는 아무런 표정도 짓고 있지 않았다. 수월화를 내동댕이치고서도 즐거워하지 않고 있다.

그렇다면 그는 어째서 이런 행동을 하는 것인가. 그는 필경 수월화에게 어떤 보복 같은 것을 하고 있다.

아마도 태무랑에 대한 보복을 그녀에게 대신하고 있는 것이리라. 단유천에게 있어서 태무랑만큼 죽이고 싶은 사람은 없을 테니까 말이다.

이런 짓은 사내로서 할 짓이 아니지만, 그는 이런 것 저런 것 따지지 않는 듯했다.

단유천이 홱 고개를 돌려 저쪽으로 걸어가며 태무랑에게서 멀어지기 시작했다.

자르락, 자륵.

쇠사슬이 바닥에 끌리는 소리와 수월화가 끌려가는 소리가 함께 들렸다.

그로 인해서 쇠사슬이 당겨지며 그녀의 목에서 또다시 새로운 피가 흐를 것이다.

태무랑은 자신의 모습을 더욱 철저하게 보이지 않도록 강화시키고는 모퉁이에서 나왔다.

삼 장 전면에서 단유천이 전혀 바닥을 딛지 않은 채 미끄러지듯이 걸어가고 있었다.

그리고 그 뒤에서 수월화가 바닥에 질질 끌려가고 있는 모습이 태무량의 동공 속으로 아프게 파고들었다.

바닥에 그녀가 흘린 피가 점점이 묻어 있다. 그것을 보고 있는 태무량의 동공에서도 피가 흘렀다. 눈으로는 보이지 않는, 하지만 더욱 아픈 마음의 피다.

그 모습을 보고 있는 태무량의 가슴은 잘 드는 칼로 난도질하는 것처럼 갈가리 베어지고 찢어졌다.

하지만 그는 터질 듯한 심정을 억눌러 참으면서 섣불리 행동하지 않았다. 아직 어떻게 된 상황인지 제대로 모르기 때문이다.

그저 감정이 앞서 단유천이 얼마나 고강한지 모르는 상황에 수월화를 구하겠다고 설쳤다가 오히려 그녀를 죽게 만들수도 있다.

그녀는 단유천과 쇠사슬로 연결되어 있으므로 그의 간단한 동작만으로도 죽을 수 있다.

두 사람은 단지 가까운 거리에 있는 것이 아니다. 쇠사슬로 연결되어 있는 것이다. 그것은 그녀의 목숨이 단유천의 수중에 있다는 뜻이기도 하다.

또한 태무량은 뒤따르면서도 수월화에게 자신의 존재를 알리지 않았다.

태무량이 구하러 왔다는 사실을 알고 난 직후에 그녀가 보일지 모를 미미한 반응을 단유천이 감지할지도 모른다는 생각에서다.

그는 조화지경에 이른 상태지만 아직 신이 아니라 인간 쪽에 가깝다고 할 수 있다. 다만 어느 정도 신의 능력을 발휘할 수 있을 뿐이다.

지금 그는 피를 흘리며 끌려가고 있는 수월화를 뒤따르면서 초인적인 인내심을 발휘하고 있다. 그것은 신이 아닌 인간의 영역이다.

옥령은 그제야 단유천을 발견했다. 아니, 그의 뒷모습을 볼 수가 있었다. 하지만 그가 단유천이라는 사실을 알고도 남음이 있다.

옥령은 단유천을 보고서 어떤 감정을 일으키기도 전에 바닥에서 수월화가 질질 끌려가는 광경을 발견하고는 심장이 오그라드는 것처럼 경악했다.

아니, 단유천도 수월화도 뒷모습이라서 얼굴은 제대로 알아볼 수가 없다.

그렇지만 그들이 단유천이고 또 수월화라는 사실을 직감했다. 그래야지만 지금 눈앞에서 벌어지고 있는 상황을 이해할 수 있기 때문이다.

또한 태무랑이 그토록 온몸을 떨면서 격동했던 이유를 알수가 있다.

바로 그때 느닷없이 단유천이 상체를 번개같이 돌리며 뒤돌아보았다.

그냥 무심코 돌아보는 것이 아니라 뒤에서 뭔가를 느끼고 별안간 획 돌아보는 동작이다.

찰나를 백으로 쪼갠 순간 태무랑은 복잡한 갈등을 하고 또 결정을 내렸다.

그는 단유천이 돌아보고 있는 사이에 공간이동을 하여 모퉁이 뒤쪽으로 숨었다.

단유천이 무엇인가를 감지하고 돌아보는 것이라고 판단했기 때문이다.

태무랑은 아까처럼 시선을 굴절해서 단유천이 무엇을 하고 있는지 보지도 않았다. 사소한 궁금증 때문에 일을 망쳐서는 안 된다.

아무 소리도 들리지 않았다. 단유천이 무엇을 하고 있는지 알 수가 없다.

그런데 모퉁이 돌아서 사오 장 거리에 있는 단유천에 대한 기척을 추호도 감지할 수가 없다. 그것만으로도 그가 얼마나 고강해졌는지 충분히 짐작이 갔다.

상대가 무엇을 하는지 알 수 없다는 것은 언제 공격을 당하는지 알 수 없는 것이나 다름없다. 그런 상황에서 공격을 당한다면 치명타를 입게 될 터이다.

스으.

순간 한 무더기의 흑영이 빛처럼 빠른 속도로 모퉁이를 돌아 이쪽으로 쏘아왔다.

그러나 모퉁이 이쪽에는 아무도 없었다. 너무 빨리 쏘아오느라 미처 모습을 갖추지도 못했던 흑영이 그제야 빠르게 단유천의 모습을 이루고 있었다.

그는 날카롭게, 그리고 재빨리 주위를 쓸어보았다. 그런데 처음에는 보통의 눈이었으나 주위를 쓸어보는 동안 눈이 새빨간 핏빛으로 변했다.

그 눈에서 뿜어지는 핏빛 안광은 가까운 곳의 사물을 투영(透映)하는 눈빛이다.

만약 태무랑이 그 자리에서 피하지 않은 채 빛을 굴절시켜서 자신과 옥령의 모습을 보이지 않게 만들었다고 해도 투영의 눈빛에겐 발각되고 말 것이다.

단유천의 머리 위 일 장 반 높이 천장에 태무랑이 달라붙어 있었다.

등을 위로 한 채 미동도 하지 않았다. 물론 그는 자신과 옥령의 모습을 보이지 않게 만들었다. 하지만 단유천이 위를 올려다보면 발각될 가능성이 높다. 그는 지금 투영의 눈빛을 하고 있다.

옥령은 태무랑의 어깨너머로 단유천의 모습을 내려다보면

서 온몸의 피가 한꺼번에 모조리 빠져나가는 듯한 처절한 느낌을 받았다. 그것은 공포 같기도 하고 분노 같기도 한 기묘한 기분이었다.

태무랑은 옥령의 심장이 격렬하게 뛰고 있는 것을 느꼈다. 그녀의 젖가슴이 등에 눌려 있으므로 마치 태무랑의 등에 또 하나의 심장이 있어서 그것이 폭발하기 직전처럼 미친 듯이 뛰고 있는 것 같았다.

하지만 태무랑이 자신과 옥령에게서 나는 모든 기척을 차단하고 있으므로 아무 소리도 흘러나가지 않았다.

잠시 후에 단유천은 아무것도 발견하지 못하고 몸을 돌려서 가던 길을 다시 갔다. 그는 단지 자신이 과민했다고 여길 것이다.

단유천이 시야에서 완전히 사라졌는데도 옥령의 심장은 더욱 거세게 박동했다.

第百十九章

수월화의 죽음

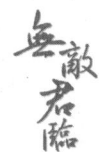

　단유천은 사층의 어느 방으로 들어갔다. 그리고 잠시 후에
방에 불이 켜졌다.

　태무량은 문밖 오 장쯤 떨어진 곳에서 불이 켜진 실내를 지
켜보고 있을 뿐 어떤 행동도 취하지 않았다.

　지금 그가 해야 할 일은 미친 듯이 뛰고 있는 심장을 진정
시키는 것이다.

　그리고 그것은 그의 등에 업쳐 있는 옥령도 마찬가지다. 단
유천과 수월화를 발견하고서 받은 충격은 오랫동안 가시지
않았다.

일다경쯤 지났을 때 아래층에서 누군가 올라오는 소리가 들렸다. 불분명하고 어지러운 발걸음 소리로 미루어 하녀인 듯했다.

잠시 후에 술병과 잔, 간단하지만 최고급의 요리 서너 접시를 옥쟁반에 들고 두 명의 하녀가 사층에 모습을 드러냈다. 잔은 하나뿐이었다.

하긴 수월화는 개처럼 목줄에 묶여 있는데, 단유천이 개하고 술을 마실 리가 없다.

그런데 단유천이 아무런 말도 행동도 취하지 않았는데 하녀들이 어떻게 알고 술상을 갖고 오는 것인지 모를 일이다. 어쩌면 그는 항상 이 시간에 술을 마시는 습관을 갖고 있는지도 모른다.

이윽고 하녀가 방에 들어갔다가 나온 후에 단유천이 혼자 술을 마시는 소리가 흘러나왔다. 매우 천천히, 그러나 규칙적으로 술을 마시고 있는 듯한 소리다.

그러나 쇠사슬 끌리는 소리라든지 수월화가 움직이는 소리는 일체 들리지 않았다.

태무랑이 익히 알고 있는 그녀의 심장 박동이나 맥박 소리도 들리지 않았다.

단유천이 근처에 있기 때문이다. 그가 일부러 그러는 것이 아니라 절대고수는 단지 존재함으로써 주위에서 발생하는 모든 기척을 차단하거나 혹은 흡수하기 때문이다.

태무랑은 한동안 단유천이 술 마시는 소리를 들으면서 꼼짝도 하지 않았다.

그는 방문 근처에 접근하지도 못한 채 단유천 방의 모퉁이 너머에 숨어 있다.

그의 등에서는 여전히 또 하나의 심장이 뛰고 있는 것이 느껴졌다.

아까보다는 많이 가라앉았으나 옥령의 심장은 여전히 격렬하게 쿵쾅거리고 있다.

태무랑은 일단 그곳을 빠져나와 전각에서 멀지 않은 어느 인공 숲으로 들어가서 옥령을 내려놓았다.

'약속 장소로 돌아가서 기다려라.'

[무랑가⋯⋯.]

예상하지 않았던 말인지 옥령의 눈이 놀라움으로 한껏 커졌다.

'내 걱정은 하지 마라.'

태무랑은 평소와 다르지 않은 표정을 지으며 담담한 목소리로 말했으나, 옥령은 그의 현재 심정이 평소하고는 다르다는 사실을 감지했다.

그는 걱정하지 말라고 말했으나 그것이 아무 말 말고 약속 장소로 돌아가라는 명령이라는 것을 옥령은 느꼈다.

그녀는 자신이 태무랑과 함께 있어도 도움이 되지 못한다는 사실을 알고 있다.

다른 상황이라면 모르되 태무랑이 단유천을 상대한다면 더욱 그럴 것이다.

만약 티끌만큼이라도 그에게 도움을 줄 수 있다는 확신이라도 있으면 그녀는 무슨 일이 있어도 그와 행동을 함께하겠다고 고집을 부렸을 것이다.

혹시 단유천이 잠을 잘 때까지도 자신의 손목과 연결된 수월화를 풀어주지 않는다면, 그는 거의 하루 종일 그런 식으로 그녀를 끌고 다닌다고 봐야 한다.

태무랑이 옥령을 보내고 나서 다시 단유천의 거처로 돌아와서 반 시진이 지났다.

그런데 그때까지도 단유천은 혼자 술 마시는 것을 멈추지 않고 있었다.

시각은 축시가 훨씬 지나 인시(새벽 4시)가 돼가고 있다. 앞으로 반 시진쯤 지나면 동이 틀 것이다.

그전에 뭔가 결정을 내려야만 할 터이다. 하지만 결정을 내리기가 쉽지 않았다.

그가 쉽사리 결정하지 못하는 것은 단유천이 두려워서가 아니라 오로지 수월화의 안전 때문이다.

단유천과 수월화가 쇠사슬로 묶여 있다는 것이 현재로선 최대 관건이다.

단유천이 술 마시기를 끝내고 잠자리에 들 때 쇠사슬을 풀지도 모르고 풀지 않을 수도 있다.

풀지 않을 경우에는 무슨 수를 써서라도 쇠사슬을 잘라야만 한다.

두 사람이 연결되어 있는 상태에서는 절대로 먼저 공격을 할 수가 없다.

섣불리 모험을 한답시고 공격했다가는 무조건 수월화가 화를 입는다고 봐야만 한다.

그러나 만약 단유천이 끝까지 쇠사슬을 풀지 않는다면 어떻게 하는가.

다른 곳에서 한바탕 소란을 일으켜서 단유천을 유인하는 것은 어떤가.

그러나 만약 단유천이 쇠사슬을 풀지 않고 수월화를 끌고 간다면? 아니, 아예 소란을 일으킨 곳에 가보지도 않는다면 소용없는 일이다.

쥐도 새도 모르게 단유천에게 접근하여 전력으로 일격을 가한 후에 쇠사슬을 끊고 수월화를 구하는 방법도 있을 수가 있다.

하지만 그것 역시 결과가 불확실하다. 일격을 가해도 단유천이 치명상을 입지 않을 수 있으며, 그럴 경우에는 수월화만 위험에 빠뜨리는 결과를 초래할 것이다.

그렇다면 기다리는 방법은 어떤가. 그때가 언제일지 모르지만 단유천이 수월화의 쇠사슬을 풀어줄 때까지 끈질기게 기다리는 것이다.

그렇게 해서 단유천이 수월화를 혼자 놔두고 어딘가 가주기만 하면 된다.

아니, 아주 잠깐 한눈을 팔아주기만 해도 그녀를 빼돌리는 것은 가능한 일이다.

그리되면 수월화를 구한 후에 마음 놓고 단유천을 상대할 수가 있을 것이다.

지금으로선 기다리는 방법이 가장 나아 보인다. 그러나 만약 아무리 기다려도 단유천이 수월화를 떨어뜨려 놓는 일이 없다면 그야말로 낭패다.

그로부터 일각 정도 더 골똘하게 생각하던 태무랑은 일단 한 가지 방법을 선택했다.

우선 수월화에게 자신의 존재를 알리고 또 그녀에게 정보를 얻는 것이다.

단유천과 쇠사슬로 연결되어 있는 그녀에게 직접 묻는 것이 가장 빠르고 정확할 것이다.

태무랑이 수월화에게 최초의 말을 건넸을 때 그녀가 어떻게 반응하느냐가 관건이다.

태무랑은 약속한 두 시진이 되자 일단 동해군영 밖 북쪽 산기슭에서 일행을 만났다.

그는 먼저 일행에게 수월화를 찾았다는 것과 그녀가 어떤 상황인지를 설명했다.

모두의 첫 반응은 경악이고, 두 번째가 분노, 세 번째가 안타까움, 그리고 마지막에 가서야 그래도 다행이라는 표정을 지었다.

수월화가 개 취급을 당하고 있다는 사실은 그 정도로 모두에게 충격이었다.

특히 비한은 굵은 눈물을 흘리며 주먹으로 나무를 두드리면서 분노를 억눌렀다.

그는 무령왕의 충신으로서 오래전부터 수월화를 측근에서 모셨기 때문에 누구보다도 비통한 심정이다.

비한보다는 덜하지만 모두들 한동안 충격과 분노에서 헤어나지 못했다.

"할아버님 생각은 어떠십니까?"

태무랑은 공손히 소천군에게 물었다. 여태까지는 예의상 그에게 먼저 물었지만 지금은 그의 오랜 경륜에서 우러나오는 의견을 듣고 싶었다.

소천군은 평소와는 달리 매우 진지한 표정을 지었다.

"속전속결이다. 이런 일은 시기를 늦추면 안 된다."

그는 딱 부러지게 말했다.

"령아를 구하는 일에 총력을 기울이도록 하자."

"어떻게 하는 것이 좋겠습니까?"

모두들 긴장된 표정으로 소천군을 주시했다.

"무랑, 네가 우선 령아에게 너의 존재를 알려라. 안팎에서 협조하는 것이 훨씬이다."

태무랑은 자신의 계획을 아직 말하지 않았다. 그런데 소천 군은 태무랑이 오랜 고심 끝에 찾아낸 방법을 길게 생각하지도 않고 당연한 듯이 말했다. 과연 천하제일인이라는 칭호는 거저 얻은 것이 아니었다.

"우리 모두가 그 전각을 집중적으로 공격하도록 하자. 그러면 단유천 하나 정도는 어렵지 않게 꺼꾸러뜨릴 수 있을 것이다."

"아닙니다."

평소 같으면 태무랑은 소천군의 의견을 이렇게 정면으로 반박하고 나서지 않았을 것이다.

"다수로 밀어붙일 놈이 아닙니다."

"계획이 있느냐?"

모두의 시선이 이번에는 태무랑에게 집중되었다.

"있습니다."

태무랑은 그 자리에 앉아서 나뭇가지를 하나 집어 들고 바닥에 뭔가를 그렸다.

*　　　*　　　*

수월화는 몸을 새우처럼 잔뜩 웅크린 채 자고 있었다.

아니, 절반쯤은 잠들었고 다른 절반은 깨어 있는 비몽사몽의 상태다.

태무랑의 곁을 떠난 이후 그녀는 단 하룻밤도 제대로 잠이 들어본 적이 없다.

지금 그녀는 자신이 기나긴 악몽을 꾸고 있다고 생각한다. 절대로 현실에서는 일어날 수 없는 일이기 때문에 이것은 꿈일 수밖에 없다.

그녀는 자신에게 일어난 일이나 고통을 당하고 있는 것에 대해서는 별로 관심이 없다.

다만 그녀가 가장 충격을 받은 일은 태무랑이 죽었다는 사실이다.

그녀는 태무랑의 죽음을 믿고 싶지 않은데 이 년이 넘도록 그가 나타나지 않는 것을 보면 정말 죽었을지도 모른다는 생각이 들었다. 그리고 세월이 흐를수록 그 생각이 점점 깊어져

갔다.

그녀에게 태무랑이 없는 세상은 살아야 할 가치와 이유가 눈곱만큼도 남아 있지 않았다.

그가 존재해야지만 세상이 아름답게 빛나고, 또 그의 손을 잡고 있어야지만 인생이 꿀처럼 달콤한 것이다.

요즘 수월화는 자주 죽음에 대해서 생각한다. 어쩌면 태무랑이 구하러 올지 모른다는 믿음이 점점 퇴색해 가는 것과 비례하여 그녀는 자꾸만 죽고 싶다는 생각을 하고 있는지도 모른다.

아니, 필경 그럴 것이다. 그가 구하러 온다는 희망이 사그라질수록 그가 없는 이 세상을 하직하고 싶다는 생각이 자꾸 드는 것이다.

그렇기 때문에 단유천이 주는 고통 같은 것은 별문제가 되지 않았다.

아름다운 몸이 망가지고 상처투성이가 되는 것도 상관없는 일이다. 그녀의 몸을 안아주고 사랑해 줄 태무랑이 없기 때문이다.

고통이라는 것은 생각만 조금 다르게 하면 사라진다. 진짜 고통은 마음에 새겨지는 것이지 육체가 아파하는 것은 고통이 아니다.

지금 수월화는 방바닥에 웅크리고 있다. 두 무릎을 잔뜩 구부려서 가슴에 붙이고, 두 손을 포개서 팔베개를 한 채 잠을 자고 있어도 자는 것 같지 않은 잠에 빠져 있다.

그녀로부터 이 장쯤 떨어진 곳에 붉은 휘장이 늘어져 바닥에 닿아 있으며, 휘장 안쪽에 커다란 침상 하나가 놓여 있다. 그리고 그 위에서 단유천이 자고 있다.

수월화의 목과 단유천의 손목은 여전히 쇠사슬로 연결되어 있다. 그녀는 현재 무공을 잃은 상태다. 그러므로 쇠사슬이 만년한철 따위가 아니라 그냥 쇠붙이라고 해도 끊을 수가 없다.

쇠사슬이 두 사람을 연결하고 있는데도 그들은 아무렇지도 않은 듯 잠들었다.

이런 상태가 지속된 지 어느덧 이 년여가 흘렀다. 그래서 두 사람에게 이것은 일상사가 되었다.

수월화는 언제나 단유천과 붙어 있기 때문에 그의 하루 일과를 훤하게 알고 있다.

그가 식사를 할 때는 그녀도 식탁 아래에 웅크리고 앉아 개처럼 밥을 먹는다.

하지만 하루에 한 끼를 줄 뿐이다. 많이 먹이면 볼일을 자주 보고, 그러면 측간에 자주 데려다 줘야 하기 때문에 귀찮아서 적게 먹이는 것이다.

수월화가 측간에 갈 때도, 단유천 자신이 측간에 갈 때도 절대로 쇠사슬을 풀지 않는다. 쇠사슬의 길이가 삼 장인 이유 중 하나가 그것 때문이다.

두 사람은 하루 전체를 꼬박 함께 보내지만 하루를 공유(共有)하지는 않는다. 아니, 철저하게 자신들의 삶을 별유(別有)하고 있다.

실내는 조용하고 어둡다. 탁자에는 단유천이 먹다 만 술과 요리가 어지럽게 놓여 있다. 동이 트려면 아직 한 시진 정도 더 있어야 한다.

그때 수월화는 얼핏 잠이 깼다. 그러다가는 곧 다시 잠이 들었다.

하룻밤에도 수백 차례 깼다가 잠들기를 반복한다. 불행한 삶은 잠조차도 편안하게 잘 수가 없다.

그런데 어느 순간 갑자기 정신이 매우 맑아졌다. 잠이 깬 것하고는 다른 느낌이다.

지난 이 년여 동안 단 한 순간도 편한 적 없이 곤핍하기만 했던 정신이 느닷없이 투명하리만치 맑아진 것이다.

하지만 잠이 깬 것 같지는 않았다. 잠을 자고 있는 중에 갑자기 이런 현상이 찾아든 것 같았다.

이유 따윈 중요하지 않다. 중요한 것은 그것 때문에 편안해졌다는 사실이다.

그래서 이대로 편안하게 숨이 끊어졌으면 좋겠다는 생각

마저 들었다. 그러나 무공을 잃은 그녀는 죽는 것조차도 마음 대로 할 수가 없다.

'령아……'

누군가 그녀를 불렀다. 머릿속에서 자늑자늑 울리는 아련 한 목소리다.

그런데 그녀는 이상하게도 그 목소리를 듣고는 더욱 편안 한 마음이 되었다.

무슨 일이 벌어진다고 해도 이 편안함을 깨고 싶지 않는데 그 목소리를 듣는 순간 마치 사랑하는 사람의 품속에 안겨서 잠든 듯한 느낌이 들었다.

사랑하는 사람.

'무랑가……'

그녀가 머릿속으로 사랑하는 이의 이름을 떠올릴 때 또다 시 그 목소리가 머릿속을 울렸다.

'잠시만 기다려라. 우린 곧 다시 만날 수 있을 거야.'

'아아, 무랑가……'

수월화는 그동안 수없이 꾸어왔던 태무랑의 꿈을 또 꾸고 있는 것이라고 생각했다. 오늘은 운이 좋은 날이다. 그이의 달콤한 꿈을 꾸다니……

그녀의 앙상하고 초췌한 얼굴에 살포시 미소가 피어났다. 그리고 잔주름이 자글자글한 눈가에서 한 방울의 눈물이 흘러내렸다.

"......!"

단유천은 번썩 눈을 뜨는 것과 동시에 그의 몸은 어느새 수월화 앞에 소리없이 내려섰다.

그가 잠이 깬 것은 수월화에게 이상이 생겼음을 감지했기 때문이다.

아니, 그는 자고 있지 않았다. 초마신은 죽을 때까지 잠을 자지 않아도 된다.

그가 수월화에 대해서, 그리고 그녀의 몸 상태의 미세한 것까지도 감지할 수 있는 것은 그녀의 목과 자신의 손목을 연결한 쇠사슬 때문이다.

그런데 그는 방금 수월화의 맥이 더 이상 뛰지 않는다는 사실을 감지했다. 맥이 뛰지 않는다는 것은 그녀가 죽었다는 뜻이다.

새우처럼 웅크린 채 누워 있는 수월화를 굽어보는 단유천의 얼굴이 가볍게 일그러졌다.

슥—

구태여 그녀의 몸에 손을 대지 않아도 숨이 끊어졌다는 것을 알 수 있지만 그는 그녀의 손목 맥을 잡았다. 도대체 갑자기 그녀가 죽다니, 믿을 수가 없어서 자신의 손으로 직접 확인을 해보기 위해서다.

"이런……."

과연 그녀의 맥이 전혀 뛰지 않았다. 그녀는 죽었다. 왜 죽었는지는 모르지만 그것은 분명한 사실이다.

단유천의 얼굴이 보기 싫게 와락 일그러졌다. 수월화의 초췌하고 창백한 얼굴을 굽어보는 그는 더할 수 없이 착잡한 심정에 사로잡혔다.

수월화. 철천지원수인 태무랑의 여자가 그의 곁에 있다가 갑자기 죽었다. 그것이 그를 착잡하게 만들고 있다.

그녀의 죽음 때문에 왜 착잡한 것인지 이유는 그 자신도 모른다. 단지 그녀의 돌연사가 믿어지지 않고, 이럴 수는 없다는 생각만 들었다. 그리고 갑자기 혼자 남겨진 듯한 느낌이 엄습했다.

그는 태무랑의 여자인 수월화를 괴롭힘으로써 대리 만족을 맛보는 치졸하기 짝이 없는 방법을 선택했다.

그리고 처음 얼마 동안은 수월화를 괴롭히는 것에서 말로는 설명하기 어려운 쾌감을 느꼈다.

그녀가 괴로워하면 할수록, 망가지면 망가질수록 폐부를 쥐어뜯는 듯한 쾌감이 이루 말할 수 없이 좋았다. 그리고 그것이 영원히 지속될 것이라고 생각했다.

그런데 언젠가부터 수월화가 괴로워하지 않게 되었다. 그녀는 모든 것을 포기한 듯 반항도 하지 않았고, 그저 무덤덤하게 한 마리 개처럼 끌려 다녔다. 자신의 생사를 초월하고 희로애락을 완전히 상실한 듯한 모습으로 자신의 운명 자체를 방임하는 모습이었다.

그때부터 단유천의 쾌감도 감소했다. 그녀가 무덤덤해질수록 그의 쾌감은 현저하게 감소하더니 어느 순간 아예 깡그리 사라져 버렸다.

그리고는 이상한 연대(連帶)가 생성되기 시작했다. 그것은 이들 남녀의 기이한 동거(同居)였다.

서로를 한없이 증오하는 남녀가 쇠사슬에 묶여서 서로 상반된 생각을 하면서 같은 공간에서 살아가는 끔찍하면서도 희한한 동거였다.

"죽다니……."

일그러진 얼굴로 짓씹듯이 중얼거리는 단유천의 가슴 한쪽이 떨어져 나가는 듯했다.

그와 수월화는 악연(惡緣)의 유대를 지니고 있었다. 아니, 그것은 그 혼자만의 생각이다.

수월화는 매 순간 그를 죽이고 싶어 했을 것이다. 그래서 그는 또 그것을 즐겼다.

단유천은 다시 한 번 확인했다. 아니, 두 번, 세 번 반복해서 확인을 해보았다.

하지만 수월화는 분명히 죽었다. 맥이 뛰지 않았고 심장도 정지했다. 그것을 죽음이라고 한다.

태무랑은 자신의 손으로 사랑하는 수월화를 죽였다.

하지만 정말로 죽인 것은 아니다. 그녀의 생명을 잠시 동안 거두었을 뿐이다.

그것만이 단유천의 쇠사슬에서 풀려날 수 있는 유일한 방법이라고 판단했다.

이후 태무랑이 수월화의 몸을 되찾아서 거두었던 생명을 다시 불어넣어 주면 그녀는 다시 소생할 수 있다.

원래 그는 수월화에게 자신의 존재를 알려서 그녀에게서 정보를 입수한 후에 일을 추진하려고 계획했었다.

하지만 계획을 변경했다. 그녀를 일시적으로 죽였다가 나중에 되살리는 방법을 생각해 냈기 때문이다.

그러나 문제가 남아 있다. 첫 번째는 단유천으로 하여금 그녀가 죽었다고 믿게 하는 것이다.

그리고 두 번째가 단유천이 그녀를 쇠사슬에서 풀어주는 것이고, 세 번째이자 마지막은 단유천이 그녀의 몸을 훼손시키지 않아야 한다는 것이다.

태무랑은 초조하기 짝이 없는 심정으로 그 세 가지 조건이 다 충족되기를 간절하게 빌었다.

만약 그중에서 어느 것 하나라도 어긋나 버리면 이 계획은
실패하고 만다.

철컥!

단유천은 수월화의 목에서 쇠사슬 고리를 풀었다. 수월화
는 이 년여 동안 자신을 속박했던 쇠사슬에서 죽어서야 풀려
나게 되었다.

그러자 고리에 짓눌려 있던 목의 붉은 자국과 고리에 찢기
고 긁힌 상처들이 적나라하게 드러났다.

이제 보니 수월화의 목이 단유천 자신의 손목 굵기밖에 안
되는 것 같았다.

그녀가 나날이 쇠약해지면서 몸이 깡말라 가면 단유천은
무심코 목의 쇠사슬 고리를 조금 더 좁혀서 죄어주었다.

그녀의 목의 살이 더 빠지면 고리를 더 좁히기를 반복했다.
그런데 이제 보니 그녀의 목은 지독하게도 가늘었다. 이것이
사람의 목인가 싶을 정도다.

바닥에 책상다리로 앉은 단유천은 물끄러미 수월화를 굽
어보았다.

죽고 나서야 그녀가 자신의 가장 가까운 사람이었다는 사
실이 깨달아졌다.

그에게는 옥령도 없다. 자신은 태무랑의 여자가 됐다고 당

당하게 선언했던 그녀는 강시로 만들기 위해서 자금성 지하 석실에서 피를 뽑아내고 있다.

아니, 어쩌면 지금쯤 삼장로는 그녀를 이미 강시로 만들었을지도 모른다.

시간상으로는 그렇게 되고도 남음이 있다. 그의 연인이었던 옥령은 강시가 됐다.

단유천은 아직 자금성에서 일어난 일을 전혀 모르고 있다. 만약 태무랑이 옥령을 구출해 갔으며, 삼장로를 납치했다는 사실을 알았더라면 그 즉시 태무랑이 살아 있음을 깨달았을 것이다.

그렇다면 지금 수월화가 죽은 일도 태무랑이 연관되었을 것이라고 미루어서 짐작했을 것이다. 수월화의 죽음을 이처럼 쉽게 믿지는 않았을 것이다.

화명군은 이제 더 이상 단유천의 사부가 아니다. 단유천은 그가 초음삼화경을 연공하기 위해서 자신을 이용했다는 사실을 나중에 알게 되었다.

또한 화명군의 목적은 오로지 피의 전쟁을 일으켜서 하늘 아래 모든 땅을 지배하고 모든 종족 위에 홀로 군림하는 것뿐이다.

그러므로 단유천은 철저하게 혼자다. 그는 사부의 야망하고는 전혀 관계가 없다. 아니, 그런 야망 따위에 흥미를 느끼지 않는다.

단유천은 어쩌면 자신이 혼자가 됐다는 사실을 인정하기 싫어서 치졸한 방법을 사용하면서까지 수월화를 곁에 묶어두었는지도 모른다. 어쨌든 그녀가 죽었으므로 이제 그는 다시 혼자가 됐다.

와장창!

그가 슬쩍 쳐다보기만 했는데도 탁자 위에 있던 술병과 요리 그릇 따위가 쓸어버리듯이 깡그리 한쪽으로 날아가서 박살 났다.

이어서 그는 수월화를 가뿐하게 안고 일어나서 탁자 위에 반듯하게 눕혔다.

그리고는 침상으로 가서 벌렁 누웠다. 그런데 다시 잠을 청하려고 했으나 잠이 오지 않았다.

수월화가 죽었다는 것과 자신이 혼자가 됐다는 생각만 머릿속에서 맴돌았다.

쿠웅.

그때 멀리에서 은은한 폭음이 들려왔다. 그것 때문인지 전각 전체가 미미하게 흔들렸다. 벼락이 친 것인지 무언가 폭발한 것인지 알 수가 없다. 하지만 단유천은 그것에도 별 관심을 느끼지 못했다.

쿠쿵.

그때 또 한 차례의 폭음이 들렸으며, 이번에는 전각이 조금 더 심하게 흔들렸다.

그제야 단유천은 침상에서 내려왔다. 폭음을 두 번 들으니까 벼락이 아니라는 생각이 들었다.

그렇다면 뭔가 폭발했다는 뜻이다. 전각이 흔들릴 정도라면 굉장한 폭발이다.

그는 창을 열고 폭발음이 들려온 방향을 쳐다보았다. 하지만 성내의 거대한 전각들이 가리고 있어서 아무것도 보이지 않았다.

그는 다시 침상으로 돌아오다가 탁자에 눕혀져 있는 수월화 옆에서 걸음을 멈추었다.

그리고는 시간 가는 줄 모른 채 우두커니 서서 물끄러미 그녀를 굽어보았다.

"대공."

그때 방문 밖에서 공손한 목소리가 들렸다. 지난 이 년여 동안 단유천이 심혈을 기울여서 키워낸 네 명의 고수 중 한 명이다.

"무엇이냐?"

"방금 전에 화포제조창이 폭발을 일으켰습니다."

단유천이 방을 나서자 회의 경장을 입은 중년인 한 명이 서 있다가 공손히 허리를 굽혔다.

그는 사대신강(四大神强) 중 우두머리로서 도신강(刀神强)이라는 자다.

단유천은 사대신강에게 직접 무공을 가르쳤고, 초마신의 능력을 조금씩 나누어 주었다. 사대신강은 초절고수 수준이고 단유천의 심복이지만 그 이상도 이하도 아니다. 그저 수하일 뿐이다.

도신강은 오래전부터 단유천의 심복이었던 천풍대주이며 이름은 한상이다.

"원인이 뭐냐?"

방을 나선 단유천은 복도를 느릿하게 걸어가면서 딱딱하게 물었다.

"아직 모릅니다. 편신강(鞭神强)이 알아보러 갔습니다."

도신강은 뒤따르면서 공손히 대답했다.

쿠쿠쿵!

그때 또다시 폭음이 울렸다. 이번에는 앞선 두 차례보다 더 큰 폭음이다. 또한 전각이 더욱 세차게 흔들렸다.

도신강이 한쪽 방향을 가리키며 긴장된 표정을 지었다.

"군선제조창 쪽입니다."

단유천은 뚝 걸음을 멈추었다. 도신강의 말이 그의 귓전을 두드렸다.

"화포제조창에 이어서 이번에는 군선제조창도 폭발을 일

으킨 것 같습니다."

단유천의 눈에서 기이한 안광이 흘러나왔다.

"느닷없이 수월화가 죽고 나서는 화포제조창과 군선제조
창이 연이어 폭발한다는 것을 단순하게 우연의 일치로 봐야
하는 것인가?"

도신강은 움찔하는 표정으로 단유천의 왼손을 쳐다보았
다. 그제야 그는 단유천의 손목에 쇠사슬도 수월화도 보이지
않는다는 사실을 깨달았다.

단유천은 수월화의 죽음과 화포제조창, 군선제조창의 폭
발을 하나로 묶어서 생각해 보았다.

누군가 무슨 일을 꾸미고 있는 것이라면? 그리고 수월화가
정말로 죽은 것이 아니라면?

스읏—

순간 단유천의 모습이 그 자리에서 흐릿해지는가 싶더니
사라졌다.

와지끈!

눈 한 번 깜빡이는 순간이 지나기도 전에 그는 자신의 방문
을 박살 내면서 안으로 뛰어들었다.

그의 시선이 제일 먼저 꽂힌 곳은 탁자 위였다. 그런데 수
월화가 없다. 죽었던 그녀가 감쪽같이 사라진 것이다.

"이런……."

자신의 추측이 맞음을 확인한 단유천의 얼굴이 보기 싫게 일그러졌다.

수월화는 분명히 죽었다. 단유천이 몇 번이나 확인을 했다. 그런데 지금은 사라졌다.

그렇다면 죽은 그녀가 제 발로 걸어서 나간 것은 아니라는 뜻이다. 또한 그것은 누군가 그녀를 데리고 나갔다는 의미이기도 했다.

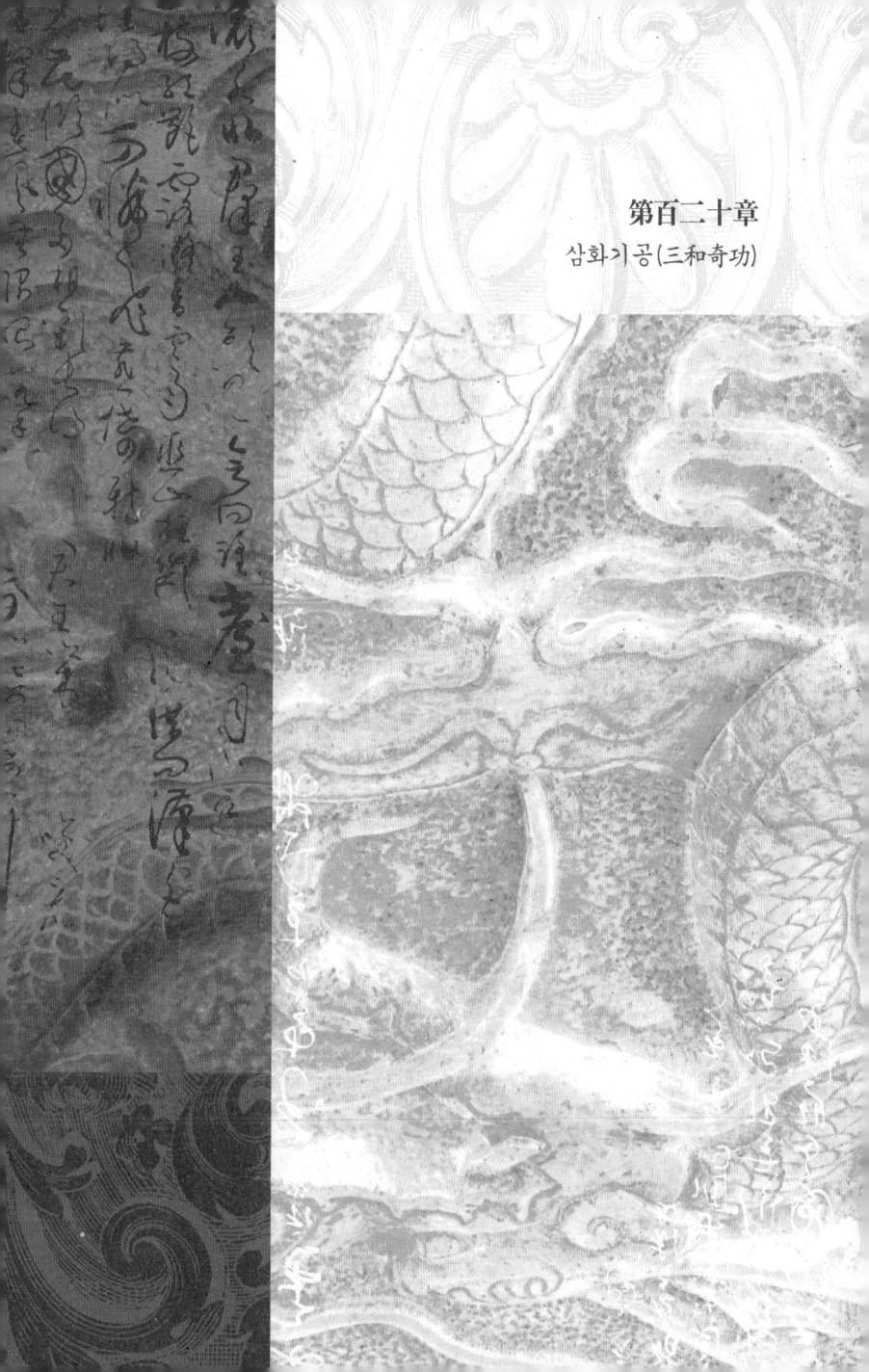

第百二十章
삼화기공(三和奇功)

　단유천이 제일 먼저 한 일은 청력을 돋우어 주위의 기척을 감지하고 눈을 핏빛으로 만들어서 주변을 투영해서 보는 것이었다.

　그럼에도 불구하고 아무것도 보이지 않았고 아무것도 감지할 수가 없었다.

　그는 자신이 감지하지 못할 정도의 실력자라면 화명군 한 명만을 꼽는다.

　그런데 지금 아무것도 느끼지 못하고 있다. 수월화를 데려간 누군가가 있는데도 감지하지 못하고 있다. 그자가 화명군은 아닐 것이다.

단유천이 방을 나갔다가 되돌아온 시간은 아무리 늦어도 세 호흡 정도밖에 안 된다.

그사이에 누군가가 수월화를 데려갔으며 그의 이목에서 완전히 사라져 버렸다.

도대체 그 사실을 어떻게 믿을 수 있다는 말인가. 그게 가능하기나 한 일인가.

단유천의 머리가 빠르게 회전했다. 수월화를 가장 필요로 하고 또 이런 치밀한 일을 꾸밀 만큼 대담한 인물이 대체 누구겠는가.

'태무랑!'

오래 생각하지 않아도 '태무랑'이라는 이름이 제일 먼저 떠올랐다.

단유천의 전각에서 삼백여 장쯤 떨어진 어느 인공 숲 속에 태무랑의 모습이 나타났다.

그의 품에는 수월화가 안겨 있다. 지금 그녀는 혼절한, 아니, 죽은 상태다.

태무랑은 단유천이 수월화를 탁자에 눕혀놓고 방을 나가는 순간 그녀를 안고 나와서 뒤도 돌아보지 않은 채 이곳까지 단숨에 쏘아왔다.

인공 숲 속에서 기다리고 있던 옥령이 극도로 긴장한 표정을 지으며 숨을 멈추고 급히 수월화를 바라보았다.

태무랑은 수월화를 옥령에게 건네면서 뜻을 전했다.

'배로 돌아가는 즉시 출발해라.'

이어서 그는 수월화의 손목을 잡고 천원신기를 주입하여 꺼져 있던 그녀의 생명을 되살려 놓았다.

손목을 잡지 않아도 되지만 그렇게라도 그녀와 살을 맞대 보고 싶었다.

'가라.'

태무랑은 수월화의 초췌한 얼굴에 시선을 한 번 준 후에 몸을 돌려 단유천의 거처를 향해 쏘아갔다.

마음 같아서는 자신이 직접 수월화를 안고 이곳을 벗어나고 싶지만 그럴 수가 없다. 이 기회에 단유천을 죽이기로 결정했기 때문이다.

아니, 단유천만이 아니라 최대한 동해군영에 타격을 입히려는 생각이다.

지금이 아니면 이런 기회가 다시 찾아오는 것이 쉽지 않을 것이기 때문이다.

또한 수월화를 그 지경으로 만든 단유천을 죽여야지만 조금이라도 마음이 풀릴 것 같았다.

수월화를 구해냈으니까 이제 마음 놓고 단유천이든 화명

군이든 두들겨 부술 수가 있다.

　화포제조창과 군선제조창이 폭발을 일으켰는데도 단유천
은 거처를 떠나지 못했다. 이대로는 떠날 수가 없었다. 자신
의 눈앞에서 너무도 엄청난 일이, 아니, 어이없는 일이 벌어
졌기 때문이다.

　그는 수월화를 구해간 것이 태무랑이 틀림없다고 단정하
고 있었다.

　그뿐만 아니라 화포제조창과 군선제조창의 폭발도 태무랑
이 꾸민 것이 분명하다.

　아니, 그따위 것들은 중요하지 않다. 무게를 따진다면 수월
화 쪽이 훨씬 더 중요하다.

　전쟁은 화명군이 일으키려는 것이지 단유천은 거기에 대
해서 추호의 관심도 없다.

　그저 특별하게 할 일도 없으니까 화명군 곁에 머물러 있는
것뿐이다.

　단유천은 이미 자신의 거처 주변을 몇 차례나 샅샅이 뒤지
는 중이다. 그런데도 어떤 흔적이나 기척조차 찾아내지 못하
고 있다.

　거기에서 의문이 생겼다. 태무랑이 이 일을 꾸민 것이라면
어째서 수월화를 죽인 것인가.

두 사람은 부부나 다름없는 사이라고 했는데 태무랑은 어째서 그런 짓을 한 것인가. 설마 수월화를 죽여서라도 되찾고 싶었던 것인가.

'수월화는 죽지 않았다.'

결국 그런 결론을 내릴 수밖에 없다. 태무랑이 무슨 수법을 사용했는지는 모르지만 수월화를 한동안 죽였다가 구해낸 후에 다시 살려낼 것이다.

수월화를 왜 죽였는지도 짐작할 수 있다. 그녀가 죽어야지만 단유천이 쇠사슬을 풀어주고 또 그녀를 혼자 내버려 둘 테니까 말이다.

치밀한 계산과 대담한 모험심 없이는 절대로 행할 수 없는 위험천만한 계획이었다.

하지만 결국 태무랑은 성공했고, 단유천은 돌이킬 수 없는 치욕과 허탈감을 맛보았다.

단유천은 도신강을 비롯한 사대신강 모두를 화포제조창과 군선제조창으로 보냈다.

그러면서도 자신은 아직 이곳에 남아 있다. 무슨 수를 써서라도 태무랑을 찾아내기 위해서다.

아니, 태무랑이 수월화를 구해냈다면 아직까지 이곳에서 얼쩡거리고 있을 리 만무하다고 생각한다.

그러면서도 이곳에 있는 이유는 솔직히 미련을 떨쳐 내지 못했기 때문이다.

수월화에 대한 미련과 태무랑을 찾아내서 죽이고 말겠다는 욕심이 그의 속에서 꿈틀거렸다.

그는 자신의 거처 주변을 다섯 바퀴째 돌고 나서야 태무랑이 이곳에 있을 리도, 다시 돌아올 리도 없다는 당연한 사실을 깨달았다.

'빌어먹을! 그년이 정말 죽은 것인지 좀 더 확실하게 살펴보는 것인데……'

인공 숲 속에서 걸음을 멈춘 그는 주먹을 움켜쥐고 오만상을 찌푸렸다.

그때 문득 그는 전면 오 장 거리에 한 사람이 서 있는 것을 발견했다.

언제 나타났는지도 모른다. 아니, 어쩌면 그가 인공 숲에 들어서기 전부터 그곳에 서 있었는지도 모른다. 하여튼 그의 앞에 우뚝 서 있는 한 사람을 보는 순간 그는 심장이 파열되는 경악과 흥분을 맛보았다.

"태무랑."

너무나 놀라운 일이라서 그는 자신이 헛것을 보고 있는지도 모른다는 생각이 들었다. 태무랑이 자신의 눈앞에 나타날리가 없기 때문이다.

더구나 그 헛것이라고 생각하는 사람이 천천히 단유천에

게 걸어왔다. 가까이 다가올수록 단유천은 두 가지 사실을 깨달았다.

이것은 절대 헛것이 아니라는 것, 그리고 태무랑이 예전의 그가 아니라는 강한 느낌이다.

그는 마치 신선이 방금 하강한 듯한 장중하면서도 초연한 모습을 하고 있다.

화명군에게서 태무랑이 북경 현도왕가에서 죽었다는 말을 들었지만 단유천은 쉽게 믿지 않았다. 그가 아는 태무랑은 그렇게 쉽게 죽을 놈이 아니었다. 정말 소름이 끼칠 정도로 명줄이 긴 놈이다.

그래서 수월화를 자신의 곁에 붙잡고 있으면 언젠가는 그가 나타날지도 모른다고 생각했다.

그런데 이 년이 지나도록 나타나지 않는 것을 보고는 화명군의 말이 맞는다고 인정할 수밖에 없었다.

그런데 지금 그의 삼 장 앞에 우뚝 멈춰 선 사람은 태무랑이 틀림없는 것 같았다.

'같다' 라는 것은 태무랑이 예전 모습하고 많이 달라졌기 때문이다.

하지만 예전 모습이 아직 많이 남아 있었다. 그것 때문에 그를 알아본 것이다.

그런데 단유천은 태무랑을 보는 순간 마음이 차분해졌다.

그 자신도 예상하지 못했던 일이다.

심장이 터질 정도로 분노해야 마땅한데 차분해지다니 괴이한 일이다. 어쩌면 분노가 도를 넘어 오히려 차분해졌는지도 모르는 일이다.

"수월화는 살았느냐?"

그런데 단유천의 입에서 뜻밖의 말이 흘러나왔다. 그것은 그 자신도 예상하지 못했던 말이다.

그러나 태무랑이 대답할 리 만무하다. 단유천에게는 그런 것을 물을 자격이 없기 때문이다.

단유천은 태무랑의 표정에서 대답을 찾으려고 했으나 뜻을 이루지 못했다.

태무랑은 마치 세속을 초월한 듯한 표홀한 모습으로 서서 묵묵히 단유천을 바라보고 있었다.

하지만 단유천은 개의치 않았다. 태무랑을 제압한 후에 족쳐서 물으면 될 테니까 말이다.

그는 자신이 태무랑을 제압하지 못할 것이라고는 추호도 예상하지 않았다. 그리고 그는 즉시 손을 썼다.

스우.

순간 태무랑의 주변이 갑자기 온통 짙은 핏빛으로 물들었다.

스파앗—

그 순간 사방에서 십여 줄기의 혈광이 번갯불처럼 그를 향해 뿜어졌다.

그것은 단유천이 직접 몸을 사용하여 공격을 하는 것이 아니다. 태무랑을 중심으로 짙게 형성된 짙은 핏빛 속에서 혈광이 뿜어지고 있는 것이다.

허공이 핏빛으로 변하고 혈광이 뿜어진 것은 동시에 일어난 일이다. 그것은 마치 불을 켜자 주위가 갑자기 밝아진 것 같은 현상이다.

쩌룽!

묵직한 폭음이 터졌다. 십여 줄기 혈광이 한가운데에서 충돌하며 터진 소리다.

그러나 태무랑은 어느새 사라져 버렸고, 혈광들이 서로 충돌하며 폭음을 낸 것이다.

단유천은 가볍게 흠칫했다. 급습을 가했는데 그것을 태무랑이 피할 것이라고 예상하지 못했기 때문이다.

예전의 태무랑이라면 방금의 공격에 죽지는 않더라도 치명상을 입고 그 자리에 쓰러졌을 것이다.

그런데 다음 순간 단유천은 조금 더 놀랐다. 자신의 머리 위에서 무시무시한 속도로 짓쳐 내려오고 있는 기이한 기운을 감지한 것이다.

태무랑은 어디로 사라졌는지 보이지 않고 그가 만들어냈

을 것이라고 짐작되는 가공할 암경만 느닷없이 머리 위에서 내리꽂히고 있다.

'이놈……'

단유천은 태무랑이 이 정도로 고강해졌을 줄은 예상하지 못했기에 저절로 신음을 흘렸다.

하지만 그는 여전히 태무랑이 자신을 능가할 것이라고는 생각하지 않았으며, 일이 초식이면 제압할 수 있을 것이라고 확신했다.

빽!

단유천이 서 있던 땅에서 둔탁한 음향이 터지며 약간의 흙과 풀이 튀었다.

단유천은 매우 여유있게 피한다고 자신했으나 피하는 순간 무엇인가 자신의 코끝을 벨 듯이 스치면서 내리꽂히는 것을 느꼈다.

만약 찰나의 백분의 일이라도 피하는 것이 늦었다면 암경을 피하지 못했을 것이라는 얘기다. 그래서 부지중 등골이 서늘해졌다.

그리고는 태무랑을 과소평가하면 낭패를 당할 것이라는 생각이 절로 들었다.

더구나 여전히 태무랑이 어디에 있는지 간파하지 못한 상황이다. 그것은 다음 공격이 어디에서 비롯될 것인지 모른다는 뜻이다. 그러면서 태무랑이 매우 고강해졌다는 사실을 실감하기 시작했다.

그래서 그는 자신이 이 싸움에서 전력을 다하지 않으면 패할 수도 있다는 생각을 처음으로 하게 되었다.

'흐흥! 이놈 봐라?'

하지만 두려움 따윈 없다. 오히려 불끈 흥미가 생겼다. 자신의 숙적 태무랑이 이 정도는 돼야 싸울 맛이 난다는 기분이 들었다.

순간 단유천은 빛처럼 빠른 속도로 인공 숲 깊숙이 쏘아 들어가며 짧은 외침을 터뜨렸다.

"타아!"

하지만 그것은 그냥 외침이 아니다. 외침이 번갯불보다 빠르게 사방으로 퍼져 나가면서 사물들을 스치며 눈에 보이지 않는 특이한 파장을 일으켰다.

즉, 거미가 나무와 나무 사이 넓은 공간에 눈에 보이지 않을 정도로 가느다란 거미줄을 쳐놓고 거미줄 어딘가에 먹잇감이 걸려서 퍼덕이면 아무리 작은 흔들림도 놓치지 않고 덮쳐 가서 숨통을 끊어놓는 것과 같은 이치다.

그의 외침이 퍼져 나가다가 살아 있는 물체에 부딪치게 되면 그만이 감지할 수 있는 파장을 일으킨다. 그것으로 태무랑의 위치를 파악하려는 것이다.

그러나 중요한 것은 상대가 그 파장을 전혀 느끼지 못한다는 것이다.

그리고 또 하나, 그 파장에도 어느 정도의 위력이 실려 있다는 사실이다. 그래서 파장에 닿으면 기혈이 들끓고 내상을 입게 될 것이다.

'걸렸다!'

쏘아가던 단유천은 왼쪽 칠 장 거리의 나무 뒤에서 파장이 태무랑을 건드린 것을 감지하고 그쪽으로 슬쩍 방향을 꺾어 더욱 빠르게 쏘아갔다.

휴웅!

아니, 방향을 꺾었다고 여긴 순간 그는 어느새 목표로 삼은 한 그루 나무 앞에 이르렀다.

그 뒤에 태무랑이라고 생각되는 흐릿한 물체가 서 있는 것이 손에 잡힐 듯이 보였다.

그리고 그 순간 단유천이 오른 손목을 가볍게 털어내듯 하자 번쩍하고 핏빛 혈광이 뿜어졌다.

퍽!

아니, 뿜어졌다고 여긴 순간 이미 아름드리나무 가슴 높이가 맥없이 부러져 나갔다. 마치 젓가락 하나가 부러지는 듯한 광경이다.

그의 동작은 모두가 한순간이다. 쏘아가고 혈광을 발출하고 또 적중되는 것이 모두 동시에 일어났다.

또한 과장된 동작이 없으며 주위의 나무들을 쓸어버리든지 불필요한 곳을 적중시키는 따위를 일체 하지 않았다.

하지만 나무를 적중시킨 순간 단유천은 그곳에 이미 태무랑이 없다는 것을 깨달았다.

단유천이 쏘아가면서 공격을 가할 때에 태무랑은 분명히 나무 뒤에 있었다.

그런데 발출된 혈광이 나무에 이르는 그 찰나지간에 사라져 버린 것이다.

어떻게 그런 일이 있을 수 있는지 모르지만, 그런 일이 눈앞에서 일어났다.

한차례 공격이 실패하게 되면 그 즉시 위기가 찾아든다는 사실은 하수끼리의 싸움이든 절대고수 간의 싸움이나 마찬가지다.

그때 단유천은 자신이 노출되었다는 사실을 깨달았다. 공격을 하려면 노출은 불가피한 일이다. 그렇다면 태무랑은 단유천을 밖으로 끌어내기 위해서 일부러 파장에 자신을 노출시켰다는 뜻이다.

'놈이 이렇게 강해졌다는 말인가?'

더럭 의혹이 생기는 순간 그는 등 뒤에서 무엇인가 쇄도하는 것을 감지했다.

그것이 무엇인지는 알 수 없지만 이미 지척까지 쇄도하고 있음을 깨달았다.

'이놈!'

불끈 승부욕이 치미는 순간 그는 연공할 때 외에는 한 번도 사용해 본 적이 없는 초음삼화경의 절대기공을 전개했다.

후오오— 옴!

순간 그가 폭발을 일으켰다. 몸에서 무엇인가 발출된 것이 아니라 그 자신이 일으킨 거대한 폭발이다.

시뻘건 핏빛의 섬광이 번쩍 일면서 눈부신 빛살이 사방으로 폭사되었다.

그것은 벽력탄 백 개가 한꺼번에 폭발하는 것과 맞먹는 엄청난 위력을 지니고 있다.

그리고 빛살이 스쳐 지나 닿기만 해도 모조리 재로 화해 버리고 마는 가공한 위력이다.

그는 태무량을 상대하면서 자신이 연공한 최고의 절대기공인 삼화기공(三和奇功) 중 하나를 전개하게 될 줄은 몰랐다. 초음삼화경의 최고 경지가 바로 삼화기공이다.

콰아아아—

단유천이 삼화기공 중 하나를 펼친 광경을 위에서 본다면 일대 장관일 것이다.

그 자신이 섬광의 진원지가 되어 사방으로 폭사시킨 광채는 마치 잔잔한 수면에 돌을 떨어뜨렸을 때 사방으로 퍼져 나가는 파문의 속도보다 천 배 이상 빨랐다.

그것은 캄캄한 어둠 속에서 불을 켰을 때 갑자기 빛이 사방으로 밝혀져 나가는 속도와 똑같았다.

그로 인해서 우뚝 서 있는 단유천을 중심으로 이십여 장 이내가 초토로 변해 버렸다.

모조리 녹아버렸다. 재조차도 남지 않았다. 나무도 풀도 모든 것들이 흔적조차 남기지 않고 사라졌다. 인간이 만들어 낸 것이라고는 생각할 수 없는 결과다.

단유천은 이것으로 태무랑을 죽였을 것이라고, 아니, 흔적조차 없이 녹여 버렸을 것이라고 확신했다.

그래서 그를 제압하여 원한을 풀 기회가 사라져 버린 것에 대해서 조금은 아쉬웠다.

그리고 또 수월화를 어디로 데려갔는지 알 수 없는 것도 아쉽다면 아쉬운 일이다.

쩍!

"크억!"

그런데 그가 그런 생각을 하고 있는 그 순간, 그는 등 한복판에 엄청난 충격을 느끼며 몸이 활처럼 뒤로 꺾여서 쏜살같이 앞으로 퉁겨 날아갔다.

뼈가 바스러지고 몸이 조각나는 듯한 이런 고통은 실로 오랜만에 맛보는 것이다.

또한 입에서 핏덩이가 뿜어지고 정신이 아득해지는 것 역시 마찬가지다.

그는 초음삼화경을 연공하는 과정에 자연스럽게 금강불괴지체가 되었다.

그래서 천하의 어떤 신병이기로도, 그리고 어떠한 충격으로도 그를 고통스럽게 하지 못한다.

그런데도 방금 일격으로 그는 몸이 해체되는 듯한 극심한 고통을 맛보았다.

하지만 육체의 고통을 능가하는 것이 있다. 불신이다. 어떻게 이런 일이 일어날 수가 있는가.

도대체 어떻게 태무랑이 삼화기공에서 살아났다는 말인가. 그의 공격이 등 뒤에 쇄도하고 있다는 것은 그가 지척에 있었다는 증거다.

그처럼 가까이에 있었으면서도 어떻게 삼화기공의 섬광에서 살아난 것인가.

아니, 강철조차도 녹여 버리는 삼화(三和)의 불속에서 살아난 것뿐만이 아니라 원래부터 쇄도해 오고 있던 태무랑의 공격조차 추호도 소멸되지 않고 끝내 단유천을 적중시켰다.

그런 불신과 의혹이 육체의 고통보다 더 지독하게 단유천을 휩쓸었다.

단유천은 아직 완전한 초마신이 아니다. 화명군조차도 아직은 초마신의 반열에 이르지 못했다.

두 사람은 보이지 않게 경쟁을 하는 중이다. 먼저 완전한 초마신, 즉 초마령(超魔靈)이 되는 사람이 모든 것을 차지하게 될 것이다.

하지만 단유천에게는 그런 욕심 따위 없다. 그가 원래 초음삼화경을 연공하려고 결심했던 이유는 태무랑을 상대하기 위해서다.

초마의 단계를 십(十)으로 분류하면, 단유천은 현재 칠(七) 정도의 단계다.

그것만으로도 그는 능히 초마신이라 불리며 미증유의 능력을 지니고 있다.

'이놈! 조화지경에 이르렀구나!'

몸이 활처럼 휜 채 퉁겨 날아가면서 단유천은 그 사실을 깨달았다. 태무랑이 조화지경에 이르지 않고는 이런 일이 벌어질 수가 없다.

그가 방금 전에 전개한 것은 삼화기공의 삼화 중 용화(鎔和)다. 말 그대로 닿기만 하면 모든 것을 녹여 버리는 가공한 수법이다.

그는 지금 자신의 배후에서 태무랑이 그림자처럼 따라붙었다는 것을 알고 있다.

하지만 태무랑의 기척을 감지한 것이 아니다. 단지 짐작하고 있을 뿐이다.

단유천 자신이라고 해도 이런 절호의 기회를 절대로 놓치지 않고 상대의 숨통을 끊어놓을 테니까 말이다.

'좋아, 한번 제대로 붙어보자.'

단유천은 두려움보다는 호승심에 확 불이 붙었다. 이날을 위해서 초음삼화경을 연공했으며 인간이기를 포기했지 않은가.

'초마가 무엇인지 가르쳐 주마.'

쉬아아아ー

그 순간 날아가는 단유천의 몸에서 새카만 기운이 확 뿜어지더니 일직선을 그으며 뒤쪽 허공으로 비스듬히 솟구쳐 올라 쏘아갔다.

그런데 무작정 뒤쪽으로 쏘아가는 것이 아니다. 단유천 쪽에서 봤을 때 뒤 왼쪽 허공 위로 비스듬히 뿜어져 올랐다.

그리고 그곳에 태무랑이 있었다. 그는 단유천에게 일격을 가한 직후에 그의 배후 왼쪽 허공에서 내리꽂히며 두 번째 공격을 가하려고 하는 중이었다.

그런데 단유천에게서 발출된 칠흑 같은 기운이 마치 눈이라도 달린 듯이 곧장 태무랑에게 쏘아오고 있는 것이다.

단유천은 태무랑의 공격을 등에 적중당해서 퉁겨 날아가

는 상황에 칠흑 같은 기운을 발출했다. 더구나 태무랑은 그의 배후에 있었다.

그런데도 눈으로 똑똑히 보고 공격한 것보다 더 정확하게 쏘아가고 있는 것이다.

더구나 지독하게 빨랐다. 번쩍하는 순간 눈앞에 이르렀고, 그것을 인식하는 순간 몸에 적중되고 있었다.

스으.

하지만 적중되기 직전에 태무랑은 공간을 이동하여 반대편에서 나타났다.

그곳은 단유천의 전면 오른쪽이다. 그곳에 나타나자마자 그는 단유천을 향해 공격을 발휘했다.

스웅—

그 순간 단유천의 좌우 일 장 가까운 거리에서 기이한 음향이 흐르며 허공의 손바닥 크기의 두 조각이 칼로 도려내듯이 떼어져서 그에게 쏘아갔다.

허공중에 분포되어 있는 오행지기 중에서 금기가 허공에서 분리되며 날카롭고 단단한 무기가 되어 단유천을 베어가는 것이다.

그것은 단유천을 향해 번쩍 쏘아가는 도중에 투명한 색에서 금빛으로 변했다.

불과 일 장 거리에서, 그리고 추호도 예상하지 못했던 급습이라 그로서는 방어하거나 피할 엄두를 내지 못했다.

그러나 그는 걱정하지 않았다. 물론 피하거나 방어하려고 애쓰지 않았다. 믿는 것이 있기 때문이다.

슈아앙!

"......!"

태무랑은 돌연 배후에서 짓쳐드는 공격에 움찔 놀랐다. 돌아보지 않아도 그것이 방금 전에 자신을 공격했던 칠흑 같은 기운이라는 것을 알 수 있다.

그런데 그것이 느닷없이 배후에서 공격해 오고 있는 것이다. 칠흑 같은 기운은 단유천이 만들어내는 것이 아니라 태무랑 주위 아무 곳에서나 생성되어 그를 공격하고 있었다.

태무랑이 움찔 흔들리는 바람에 단유천을 공격하던 두 조각의 금기가 씻은 듯이 사라져 버렸다.

스으.

태무랑은 칠흑 같은 기운에 적중당하기 직전에 또다시 공간을 이동하여 전혀 다른 위치에 나타났다.

슈와악!

그런데 이번에는 그가 다른 위치에 나타나자마자 칠흑 같은 기운이 기다렸다는 듯이 바로 눈앞에서 쏘아왔다.

퍼억!

결국 그는 왼쪽 어깨에 강력하게 적중당하여 상체가 크게 뒤로 젖혀졌다.

슈아앙―

그런데 또다시 칠흑 같은 기운, 즉 칠흑 기운이 이번에는 왼쪽에서 쇄도했다.

방금 그의 왼쪽 어깨에 적중된 칠흑 기운이 아니라 이것은 새롭게 생성된 것이다.

태무랑은 급히 심기를 일으켜서 쇄도해 오는 칠흑 기운을 굴절시켰다.

쉬아악!

그러자 칠흑 기운이 태무랑의 귓가를 스치며 아슬아슬하게 지나갔다.

쉬쉬아앙!

뒤와 오른쪽에서 동시에 쇄도하던 두 줄기 칠흑 기운도 각각 태무랑 곁을 스쳐 지나갔다.

그 광경을 보고 단유천은 흠칫했다. 삼화기공의 용화와 칠흑 기운, 즉 흑화(黑和)로도 태무랑을 어쩌지 못한다는 사실을 깨달았기 때문이다.

또한 태무랑은 방금 전에 칠흑 기운 흑화에 어깨를 적중당하고서도 아무렇지 않은 듯했다.

흑화에 적중되면 그것이 무엇이든 모조리 먼지로 화해야만 하는 것이다. 최소한 단유천이 여태까지 알고 있는 바로는 그랬다.

단유천에게 남은 것은 이제 한 가지다. 삼화기공의 최고 위
단계인 무화(武和)다. 그것은 용화와 흑화 둘을 합친 것보다
도 훨씬 강하다.

단유천은 자신이 태무랑을 상대로 무화까지 전개하게 될
줄은 예상하지 못했다.

또한 무화를 전개해서도 태무랑을 죽이지 못할 것이라고
생각하지 않았다.

"죽인다!"

분노한 그는 태무랑을 향해 쏘아가며 손바닥을 펼쳐서 양
팔을 벌렸다가 세차게 앞으로 떨쳤다.

그와아아ー

그 순간 오른손과 왼손에서 각기 용화의 섬광과 흑화의 칠
흑 기운이 번쩍 뿜어졌다.

그것으로 우선 태무랑을 혼란스럽게 만들어놓고 무화를
전개하려는 계산이다.

그리고 다른 의도도 있다. 과연 태무랑이 용화와 흑화에 어
떻게 대처하는지 똑똑히 보고 싶었다.

태무랑은 용화와 흑화의 공격을 공간이동으로 충분히 피
할 수 있으나 그렇게 하지 않았다. 단유천과 정면 대결을 하
여 이 싸움을 빨리 끝내고 싶었다.

여태까지의 대결에서 그는 단유천의 수법을 몇 가지 견식하여 그가 어느 정도 수준인지 파악했다.

그래서 자신의 능력으로 충분히 단유천을 제압할 수 있을 것으로 확신했다.

단유천이 전개하는 것이 섬광이든 칠흑 기운이든 원래는 천원지기에서 비롯된 것이다. 천원지기가 삼라만상의 근원이기 때문이다.

그런데 태무랑은 천원지기의 원기(元氣)인 천원신기를 지니고 있다.

그러므로 단유천의 섬광과 칠흑 기운, 즉 용화와 흑화는 태무랑의 영역 안에 있는 것이다.

도오…….

막 무화를 전개하려던 단유천은 허공이 잔잔하게 떨어 울리자 가볍게 흠칫 했다.

그 순간 그는 자신의 눈을 의심했다. 태무랑을 향해 파도처럼 쏟아져 가던 섬광과 칠흑 기운이 그의 반 장 앞에서 씻은 듯이 사라져 버린 것이다.

단유천은 너무 놀라서 자신이 보고 있는 것이 착각일 것이라는 생각이 들었다.

하지만 착각이 아니다. 무화를 전개해야 한다는 사실마저 잊은 채 눈을 깜빡이면서 다시 확인해 봐도 용화와 흑화는 흔적도 없이 사라졌다.

오히려 태무랑이 그를 향해 오른손을 내밀어 공격을 시도하고 있는 것이 보였다.

다급해진 단유천은 앞뒤 생각할 겨를도 없이 전력으로 무화를 전개했다.

쿠와아아앙—!

순간 하늘이 무너지고 땅이 뒤집히는 천번지복이 일어났다.

주위의 보이는 것과 보이지 않는 모든 것이 태무랑을 향해 휘몰아쳐 갔다.

바윗덩이와 흙, 허공의 기운 등 인공 숲 안에 있는 모든 것이 모조리 태무랑을 향해서 쏟아져 갔다.

그것들 하나하나가 무시무시한 무기가 되어 태무랑을 부술 듯이 몰아쳤다.

별것 아닌 흙 알갱이 하나조차도 엄청난 위력을 싣고 빛보다 빠른 속도로 쏘아갔다.

또한 태무랑이 딛고 선 땅이 뒤집히며 솟구쳤고, 그가 이고 있는 하늘이 바위보다 더 무겁게 무너지며 짓눌렀다.

쿠쿠쿠쿠—

마치 세상이 종말을 맞이한 듯했다. 태무랑을 중심으로 반경 십여 장 이내의 모든 것이 그를 공격했다. 그는 그 속에 파묻혀서 아예 보이지도 않았다.

단유천은 두 팔을 벌려 자신의 모든 것을 쏟아내어 무화를 전개하면서 득의하게 웃었다.

"하하하! 어떠냐, 이놈아? 이래도 나를 능멸하겠느냐?"

천지가 뒤집혀서 태무랑의 모습은 보이지 않았다. 어쩌면 그는 이미 갈가리 찢어져서 흩어졌는지도 모른다.

아니면 저 속에서 살기 위해 미친 듯이 발버둥치고 있을지도 모른다. 어쨌든 태무랑은 죽는다. 그것은 변하지 않는 사실이다.

그런데 그때 단유천은 난무하는 온갖 사물 속에서 흐릿하게 빛나는 무엇인가를 발견했다.

그러나 개의치 않았다. 이제 곧 태무랑을 향해 쏘아갔던 그 모든 것이 대폭발을 일으킬 것이기 때문이다. 그것으로 끝이다. 태무랑은 분해되어 흙 속에 섞일 것이다.

단유천은 그 모든 것이 태무랑에게 집중되어 하나의 커다란 공 모양을 형성하는 것을 바라보면서 약간 때 이른 허탈감을 느꼈다.

태무랑을 너무 쉽게, 그리고 빨리 죽이는 것 같다는 생각이 든 것이다.

그때 그가 조금 전에 보았던, 아니, 본 것 같다고 느꼈던 커다란 공 모양의 혼돈 속에서 흐릿하게 빛나던 것이 자신을 향해 다가오는 것이 보였다.

"……!"

순간 그의 눈이 조금 부릅떠졌다. 그 빛나는 것이 조금 더 밝아지면서 커지고 있다고 느낀 것이다.

아니, 그것은 커지는 것이 아니라 찰나지간에 그의 눈앞까지 쇄도하고 있었다.

그 순간에 그의 머릿속에 번쩍 떠오르는 것은 단 하나, 피해야 한다는 사실이다.

픽!

하지만 머리가 생각을 떠올리는 것보다 더 빨리 그 빛나는 것, 즉 천원신기는 단유천의 가슴 한복판에 고스란히 적중되었다.

그리고 그는 등 뒤로 뭔가 빠져나가는 듯한 느낌을 받았다. 천원신기가 가슴을 관통하여 등 뒤로 빠져나간 것이다.

'말도 안 된다.'

그의 몸이 둥실 허공으로 떠오르며 상체가 뒤로 젖혀졌다. 그러면서 그는 아직도 자신이 태무랑의 적수로서는 턱없이 부족하다는 사실을 깨달았다.

'살아야 한다.'

아직 정신은 있다. 그리고 몸을 움직일 수도 있다. 또한 지금이 아니면 도망칠 기회가 없다는 사실을 깨달았다. 더 이상

망설일 이유가 없다.

그는 자신이 조금 전에 무화를 전개했을 때보다 더 전력을 쏟아 뒤로 쑥 밀려난 후에 몸을 돌려 뒤도 돌아보지 않고 도망쳤다.

단유천이 예상했던 대폭발은 일어나지 않았다.

주위 수십 장 이내의 모든 것이 태무랑을 중심으로 일 장 이내에 몰려들었다가 한순간 뚝 멈추더니 먼지가 되어 흩어져 버렸다.

태무랑은 지상에서 일 장 높이 허공에 우뚝 선 채 방금 전까지 단유천이 있던 곳을 주시했다.

그의 얼굴이 밝지 않았다. 단유천을 죽이지 못했으며, 그의 기척이 추호도 감지되지 않기 때문이다.

第百二十一章
수월화와 옥령

한밤중에 봉래현은 난데없는 급습을 받아 적지 않은 피해를 입었다.

화포제조창의 화약 보관 창고가 폭발을 일으켜서 화약 전량과 수백 문의 화포 등 화포제조창 사 할이 파괴되었다.

또한 군선제조창이 습격을 당했다. 화약 보관 창고에서 갖고 온 듯한 다량의 화약이 군선제조창 한복판에서 대폭발을 일으켰다.

그리고 건조 중이거나 건조를 마쳐 포구에 정박되어 있던 군선 사십여 척이 불타서 전소(全燒)되었다.

뿐만 아니라 군선 제조에 필요한 많은 장치와 기계, 재료들이 복구하지 못할 정도로 대파되어 한동안 군선을 제조하지 못하게 되었다.

두 군데가 대폭발을 일으킨 즉시 수만 명의 고수들과 군사들이 현장에 들이닥쳤으나 대폭발을 일으킨 범인을 잡기는커녕 누군지 발견하지도 못했다.

그런 상황에 동해군영 내 곳곳에서 화재가 일어났다. 동시다발적으로 일어난 화재 때문에 동해군영은 벌집을 쑤셔놓은 듯이 혼란스러웠으며, 불을 끄는 한편 방화범을 잡기 위해서 고수들과 군사들이 총동원되었다.

하지만 화포제조창과 군선제조창의 대폭발과 마찬가지로 동해군영의 방화범 역시 누군지조차도 알아내지 못했다.

                    *   *   *

동이 터올 무렵.

한 척의 그다지 크지 않은 배가 해안선을 따라 잔잔한 바다 위를 미끄러지고 있다.

배의 뒤쪽에서는 맹오가 조타를 잡고 있으며, 군통이 배의 앞뒤를 오가면서 돛을 관리하거나 전방을 살피고 있다.

태무랑의 선실 안 침상에는 수월화가 누워 있고, 침상 가의자에는 옥령이 앉아서 그녀를 돌보고 있다.

태무랑이 수월화를 잠시 죽였다가 다시 되살렸으나 그녀는 아직도 깨어나지 못하고 있는 모습이다.

워낙 쇠약해진 상태에 무공조차 없는 몸으로 죽음이라는 거센 충격을 받았기 때문이다.

옥령은 태무랑으로부터 수월화를 인수받은 이후 줄곧 그녀의 손목을 잡고 부드러운 진기를 주입시켜 주고 있다. 그런데도 그녀는 조금의 차도도 보이지 않고 있는 모습이다.

누구보다도 초조한 사람은 옥령이다. 그녀는 수월화가 잘못될까 봐 노심초사 아무것도 하지 못한 채 그녀 곁에만 붙어 있는 형편이다.

그리고 자신이 수월화를 위해서 뭔가 할 수 있는 일이 있지 않을까 고심해 봤으나 아무것도 없다는 사실을 깨닫고는 허탈함만을 느껴야 했다.

지금 수월화에게서는 예전 무령왕가에서의 건강했던 모습을 추호도 찾아볼 수가 없다.

그저 지금 당장 숨이 끊어진다고 해도 이상하지 않을 정도로 초췌하고 쇠약한 모습이다.

옥령은 한시바삐 태무랑이 돌아오기만을 학수고대했다. 그가 와야지만 수월화를 살릴 수 있을 것이기 때문이다.

수월화를 바라보면서 옥령은 다른 생각은 일체 하지 않았다. 오로지 그녀가 무사하기만을 빌고 또 빌었다.

"소저! 나와 보십시오!"

그때 밖에서 맹오의 다급한 외침이 들렸다. 옥령이 아는 바로 맹오는 침착한 사람이다.

그가 이처럼 다급하게 외친다는 것은 뭔가 좋지 않은 일이 일어났음을 뜻하는 것이다.

"저길 보십시오."

"⋯⋯!"

급히 밖으로 나온 옥령은 맹오가 가리키는 배의 후미 쪽을 바라보다가 안색이 크게 변했다.

십여 리쯤 떨어진 뒤쪽에서 두 척의 거대한 군선이 빠른 속도로 다가오고 있었다. 그것은 누가 보더라도 추격을 하는 듯한 광경이었다.

심각한 표정으로 군선을 주시하고 있는 옥령 주위로 맹오와 군통이 다가왔다.

"우리를 추격하는 것 같지 않습니까?"

군통이 초조한 표정으로 중얼거렸다. 군통과 맹오는 옥령이 태무랑의 여자이기 때문에 주모(主母)로서 최대한 예의를 갖추어서 행동하고 있다.

"그런 것 같군요."

"어떻게 할까요?"

맹오는 가만히 있는데 조바심이 난 군통이 옥령의 의중을 물었다.

하지만 겁이 나는 표정은 아니다. 단지 한바탕 싸움을 벌여야 할지 도망을 쳐야 할지를 묻는 것이다.

옥령은 힐끗 자신들의 배 돛을 쳐다보았다. 커다랗기는 하지만 하나뿐인 돛은 바람을 잔뜩 머금은 채 팽팽하게 부풀어 있다.

그것은 현재 이 배가 최고 속도로 달리고 있다는 것을 보여 주고 있는 것이다.

반면에 군선은 여섯 개의 돛을 활짝 펼친 모습이다. 물 위에서는 배의 크기와 무게 따위는 속도에 별다른 영향을 주지 않는다.

오히려 큰 배가 일단 속도를 내면 탄력을 받아서 작은 배보다 훨씬 빠르다. 군선의 생명은 속도다. 그렇기 때문에 모든 배 중에서 가장 빠르다.

옥령 등이 지켜보고 있는 사이에 군선은 아까보다 조금 더 가까워졌다.

옥령은 수월화가 깨어나지 않아서 걱정을 하고 있는데 이제는 그보다 더 큰 걱정거리가 생겼다.

지금으로선 군선이 그냥 지나쳐 가기를 바라는 것은 무리일 듯했다.

아무것도 없는 바다에 두 척의 군선이 동해군영에서 멀리 떨어진 이곳에서 북상을 하고 있을 이유가 없다.

더구나 군선 앞쪽에는 옥령의 배 한 척뿐 오늘따라 고깃배 조차 보이지 않았다.

옥령은 자신이 결정을 해야 한다는 사실을 깨달았다. 이대로라면 앞으로 반 시진 후에 군선에게 따라잡히고 말 것이 분명하다.

태무랑 일행하고는 제남에서 만나기로 사전에 약속했다. 그런데 이곳은 아직 황하가 동해와 만나는 곳에서 남쪽으로 삼십여 리 떨어진 내주만이다.

별일이 없다면 황하로 들어서 이틀쯤 강을 거슬러 오르면 제남에 도착할 수 있다.

옥령은 재빨리 해안 쪽을 쳐다보았다. 속도가 빠른 군선 두 척을 따돌리려는 생각이다.

그렇다고 배를 버리고 육지로 도망치는 것은 아직 시기상조라는 생각이 들었다.

그것은 최악의 상황에 처했을 때 선택해야 할 방법이다. 배를 버리면 우선 수월화를 안고 도망쳐야만 한다.

그리고 육지에 어떤 또 다른 어려움이 기다리고 있을지 예측할 수가 없다.

군선에서 육지의 동료들에게 연락이라도 취해 양쪽에서

조여오게 되면 옥령 등은 독 안에 든 쥐 신세가 되고 마는 것이다.

그때 옥령이 밝은 표정을 지었다. 해안 가까운 바다에 수많은 사구(砂丘:모래언덕)들이 긴 띠를 형성한 채 늘어서 있는 것을 발견했기 때문이다.

사구들은 헤아릴 수 없을 정도로 많았으며 이어져 있는 것처럼 촘촘히 길게 끝없이 뻗어 있었다.

옥령은 사구 안쪽으로 들어가면 덩치가 큰 군선의 배 밑바닥이 모래바닥에 닿아서 더 이상 추격하지 못할 것이라고 예상했다.

"해안 쪽으로 가요."

맹오는 옥령이 사구를 보고 밝은 표정을 짓는 것을 보고 이미 그녀의 생각을 짐작하고 있었다.

"알겠습니다."

배는 급격하게 방향을 틀어서 해안 쪽으로 물살을 가르며 나아갔다.

그러면서 옥령과 맹오, 군통은 두 척의 군선에서 시선을 떼지 않았다.

군선들이 옥령의 배를 추격하는 것이 아니라면 방향을 바꾸지 않고 계속 갈 것이기 때문이다.

하지만 옥령의 바람은 무위로 그쳤다. 두 척의 군선은 곧 방향을 틀어 옥령의 배를 계속 추격해 왔다. 그로 미루어 그들이 추격을 하고 있었던 것이 분명해졌다.

옥령의 배가 사구의 띠, 즉 사구연(砂丘連)을 오 리 정도 남겨두었을 때 두 척의 군선은 삼 리 정도로 바짝 추격해 오고 있었다.

옥령의 계산으로는 이 속도로 가면 사구에 당도하기 전에 따라잡힐 것 같았다.

도대체 군선들이 어떻게 알고 추격해 오는 것인지 모를 일이다. 마치 옥령의 배에 무슨 표시라도 해둔 것처럼 곧장 따라오고 있다.

그러나 사실은 동해군영이 의문의 습격을 당한 이후에 산동성 전체 포구에 출항 정지 명령이 떨어졌었다.

옥령의 배는 봉래현 근처 강 하구의 갈대숲 속에 숨어 있었기 때문에 출항 정지 명령 같은 것을 듣지 못하고 바다로 나왔던 것이다.

그렇기 때문에 바다를 감시하고 있던 군선의 추격을 받는 것은 당연한 일이다.

퉁, 투퉁.

그때 뒤쪽에서 커다란 북을 두드리는 듯한 둔탁한 음향이 들려왔다.

옥령 등이 움찔 놀라서 쳐다보자 추격하고 있는 두 척의 군선 앞쪽에서 짙은 연기가 피어오르고 있었다.

하지만 옥령은 그 연기가 무엇을 뜻하는지 미처 알아차리지 못하고 쳐다보기만 했다.

그때 맹오가 다급하게 외쳤다.

"놈들이 화포를 발사했습니다!"

"화포!"

옥령은 정신이 번쩍 들었다. 하지만 지금 같은 상황에서는 어떻게 대처해야 하는지 알지 못한다. 바다에서 적의 화포에 직면해 본 적이 없기 때문이다.

군선 쪽을 바라보던 옥령은 그제야 허공에서 몇 개의 새카 맣고 둥근 물체가 빠른 속도로 쏘아오고 있는 것을 발견했다. 그것은 화포가 발사한 포탄이 분명했다.

"어… 떻게 하죠?"

그녀가 급히 물었으나 맹오나 군통이라고 이런 경험이 처음이니까 뾰족한 방법이 있을 리 만무하다.

펑! 퍼퍼펑! 펑!

다음 순간 배의 앞쪽과 뒤쪽, 그리고 좌우에서 벼락 치는 폭음이 터지더니 여러 개의 물기둥이 허공 수십 장 높이로 치솟았다.

촤아악—

뒤이어 사방에서 홍수 같은 물이 배로 들이닥쳤다.

와장창! 쿠쾅!

물줄기가 너무 거세서 세 사람이 흠뻑 물을 뒤집어썼으며, 뒤쪽에 있던 군통은 물살에 휩쓸려 바다로 추락했다.

또한 선실 문과 창, 벽 등에 구멍이 뚫리거나 깨졌으며 배가 미친 듯이 요동을 쳤다.

크게 놀란 옥령은 수월화가 걱정이 되어 다급히 선실 안으로 달려들어 갔다.

맹오는 맹오대로 미친 듯이 요동을 치는 배가 뒤집히지 않도록 있는 힘껏 조타를 움켜잡은 채 안간힘을 쓰고 있다. 그런 상황이니 바다에 빠진 군통을 걱정할 겨를이 없다.

수면으로 솟구친 군통은 재빨리 헤엄을 쳐서 배를 뒤쫓기 시작했다.

벽이 깨져서 바닷물이 쏟아져 들어온 선실 안은 물바다였다. 당연히 침상에 누워 있던 수월화는 물살에 휩쓸려 선실 구석에 쓰러져 있었다.

투투퉁! 퉁, 퉁……!

옥령은 또다시 화포를 발사하는 소리를 들었으나 지금은 수월화가 우선이라 그것에 신경 쓸 겨를이 없었다. 그녀는 급히 수월화를 안고 일어나 어떻게 해야 할지 초조한 표정으로 주위를 둘러보았다.

하지만 막막하기만 할 뿐 아무 생각도 나지 않았다. 단지

무슨 일이 있어도 수월화를 안전하게 지켜야겠다는 생각밖에
나지 않았다.

"아⋯⋯!"

그때 수월화가 미약한 신음을 흘리면서 깨어났다. 옥령이
별 방법을 다 써도 깨어나지 않던 그녀가 방금 전에 찬물을
뒤집어쓴 것 때문에 깨어나는 모양이다.

"정신이 드세요?"

배가 여전히 심하게 요동치는 바람에 옥령은 선실 구석에
앉아서 한 손으로 침상 모서리를 움켜잡고 수월화를 꼭 안은
채 조심스럽게 그녀를 굽어보았다.

정신을 차린 수월화는 눈을 깜빡거리면서 눈동자를 굴리
며 두리번거렸다.

낯선 광경과 난데없는 상황에 적이 당황하는 모습이 그녀
의 얼굴에 역력했다.

옥령은 그녀를 진정시켜야겠다고 생각했다.

"공주께선 구출되셨어요. 이제 단유천은 걱정하지 않아도
됩니다."

그 말에 수월화는 경계하는 눈빛으로 옥령을 올려다보다
가 눈을 동그랗게 떴다. 그녀를 어디선가 본 듯한 기억이 난
것이다.

"아⋯ 당신은⋯⋯."

"기억하시겠어요? 저는 무령왕가에서……."

"옥령……."

"……."

무령왕가에서 총사우장군의 몸종이었다고 말하려 했던 옥령은 움찔 놀라 몸이 굳어졌다.

수월화가 어떻게 옥령의 진실한 신분을 알고 있는지 모를 일이다.

옥령은 태무랑이 그 사실을 수월화에게 말해주지 않은 것으로 알고 있다.

옥령이 태무랑의 몸종이었던 시절에 수월화는 그녀를 몸종이라고만 알고 있었다.

"공주……."

옥령은 착잡한 표정으로 수월화를 굽어보았다. 어떻게 설명을 해야 할지 난감했다.

하지만 수월화는 그것보다는 자신이 구출됐다는 말에 믿을 수 없다는 표정을 짓고 있었다.

그녀는 상체를 일으키려고 했으나 뜻대로 되지 않자 눈을 깜빡이며 옥령을 바라보았다.

"어떻게 된 건가요?"

퍼퍼펑! 펑!

구우우―

그때 밖에서 폭음이 연달아 터지더니 곧 배가 한쪽으로 크게 기울었다.

옥령은 몸이 미끄러지지 않도록 중심을 잡으면서 수월화를 놓치지 않으려고 온 신경을 쏟았다.

쏴아아!

"소저! 배 후미가 포탄에 맞아서 가라앉고 있습니다! 피해야 합니다!"

그때 부서진 벽으로 바닷물이 쏟아져 들어오고 뒤따라 맹오의 다급한 외침이 들렸다.

옥령이 수월화를 안고 급히 밖으로 나와 보니 배의 뒤쪽이 어디론가 사라지고 보이지 않았다.

아마 조금 전의 커다란 폭음이 배의 후미가 포탄에 맞는 소리였던 것 같다. 그리고 그때 배의 후미가 박살 나서 날아갔을 것이다.

옥령은 먼저 두 척의 군선 쪽을 쳐다보았다. 그와 함께 맹오의 우렁우렁한 목소리가 들렸다.

"수심이 얕아서 군선들은 더 이상 추격하지 못하는 것 같습니다! 하지만 우린 배를 버려야 합니다!"

옥령은 군선을 굳이 확인하려고 들지 않았다. 맹오가 그렇다고 말하면 그런 것이다.

"소저! 여깁니다!"

휙!

맹오가 배에서 뜯어낸 듯한 넓적한 널빤지 두 개를 사구연 쪽 수면으로 날리면서 외쳤다.

그와 동시에 옥령과 맹오, 군통이 동시에 신형을 날려 널빤지로 향했다.

수월화를 안은 옥령이 하나의 널빤지에, 또 하나의 널빤지에는 맹오와 군통이 올라타고 허공중에서 발에 힘을 가해서 사구연 쪽으로 더 멀리 빠르게 날아갔다.

그러면서 뒤돌아보니 두 척의 군선에서는 계속 화포를 쏘아대고 있었다.

하지만 거리가 멀어서 포탄은 배가 가라앉고 있는 곳 주위에 마구 떨어져서 터졌다.

촤악!

네 사람이 올라선 두 개의 널빤지는 사구연을 날아 넘어서 안쪽 수면에 사뿐하게 내려서 쏜살같이 나아갔다.

옥령은 널빤지를 딛고 우뚝 서 있는 것만으로 널빤지의 앞쪽이 번쩍 들린 채 빠른 속도로 수면 위를 달리고 있다.

그녀는 태무랑 덕분에 초절고수의 반열에 올랐기 때문에 단지 서 있는 것만으로 두 다리를 통해서 공력을 뿜어내어 널빤지를 전진시킬 수가 있다.

맹오는 널빤지 뒤쪽 수면을 향해 장풍을 발출해서 수면을 가격하여 그 반탄력으로 쏘아가는 방법을 사용했다.

하지만 옥령에 비해서 속도가 현저하게 떨어져 뒤로 처지 자 방법을 바꾸어 옥령처럼 시도했다.

처음에는 불안정하고 뒤뚱거리면서 잘 안 되는 것 같더니 곧 안정된 자세가 나왔다.

속도는 옥령하고 비교할 정도는 아니지만 장풍을 발출하 는 것보다는 빨랐다.

"소저! 놈들이 계속 추격하려는 것 같습니다!"

뒤돌아보고 있던 군통이 다급히 외쳤다.

옥령은 군선 쪽을 돌아보다가 깜짝 놀랐다. 두 척의 군선에 서 십여 척의 유엽선(柳葉船:소형 쾌속선)을 내리고 있는 광경 을 발견한 것이다.

유엽선은 이름 그대로 버들잎처럼 날씬하고 길쭉하게 생 긴 몸체에 배보다 더 큰 돛을 달았기 때문에 수면 위를 날아 가듯이 쏘아가는 공격선이다.

옥령 등은 사구연을 넘었으나 해안까지는 아직도 오 리 이 상 거리가 남아 있는 상황이다.

그런데 뒤돌아보고 있던 옥령의 안색이 변했다. 십여 척의 유엽선에 타고 있는 자들이 군사들이 아니라 경장 차림을 한 고수들인 것이다.

유엽선 한 척에 이십여 명씩 탔으므로 십여 척이면 무려 이백여 명이다.

바다에서, 더구나 널빤지에 탄 상황에 이백여 명의 고수들과 싸움을 벌이는 것은 무조건 불리하다.

옥령과 맹오 등이 지켜보는 중에도 유엽선은 바람처럼 추격해 오고 있었다.

유엽선이라면 바닥이 납작해서 아무리 얕은 수심이라고 해도 거침없이 추격해 올 것이다.

옥령 품에 안긴 수월화는 물끄러미 유엽선들을 응시하고 있다가 조용히 입을 열었다.

"여긴 어딘가요?"

"네?"

옥령은 수월화가 갑자기 묻는 바람에 무슨 말뜻인지 제대로 알아듣지 못했다.

"이곳이 어디쯤 되나요?"

지리를 잘 모르는 옥령은 맹오를 뒤돌아보며 외쳤다.

"맹 협! 여기가 어디쯤 되죠?"

"황하가 바다와 만나는 하구에서 남쪽으로 삼십여 리쯤 되는 내주만입니다!"

수월화는 깡마른 얼굴에 까만 눈을 깜빡거리다가 까칠한 입술을 나풀거렸다.

"해안을 따라 북쪽으로 조금만 가면 소청하(小淸河)라는 강이 있어요. 그곳으로 가요."

옥령은 왜 그곳으로 가느냐고 묻지도 않고 즉시 북쪽으로 방향을 틀어 쏘아가기 시작했다. 맹오와 군통도 널빤지의 방향을 틀어 뒤따랐다.

수월화는 말을 이었다.

"소청하는 황하와 이십여 리 간격을 두고 나란히 서쪽의 태산에서 흘러오는데, 제남 조금 못 미친 제동(濟東)까지 이어져 있어요. 또한 여러 줄기로 갈라지고 수초가 우거져서 도주하기에 적당해요. 당신들의 목적지가 어디인지는 몰라도 소청하 상류에는 황하로 이어지는 운하가 뚫려 있으므로 도주하는 데에 유리할 거예요."

그녀는 많은 말을 하고 나서 힘든 듯 가쁜 숨을 몰아쉬며 안색이 더 창백해졌다.

그녀는 예전부터 여행을 많이 다녔기 때문에 지리를 잘 알고 있다.

특히 강소성이나 산동성에는 명승지가 많아 그녀가 좋아했던 곳이라 손바닥을 보듯 안다.

"들었죠? 우린 소청하로 갈 거예요!"

옥령은 맹오에게 외치면서 공력을 더욱 뿜어내서 널빤지의 속도를 높였다.

주위에 엄폐물이 아무것도 없다. 이런 곳에서 이백여 명의 고수와 마주치면 사면초가 신세가 되고 만다. 그러므로 한시 바삐 엄폐물이 많다는 소청하로 들어가야 한다. 그곳에서는 설령 추격자들에게 덜미가 잡히더라도 빠져나갈 구멍이 있을 것이다.

옥령은 힐끗 수월화를 굽어보았다. 때마침 수월화도 옥령을 말끄러미 바라보고 있다가 두 사람의 시선이 마주쳤다.

수월화는 아무 말도 하지 않고 있으나 옥령은 그녀가 지금의 상황에 대해서 몹시 궁금할 것이라고 생각했다.

"무랑가께서 공주를 구하셨어요."

옥령은 결론부터 설명했다.

하지만 수월화는 그녀의 말을 알아듣지 못하는 것 같았다. 아니, 말은 들었으나 말뜻을 이해하지 못하는 듯했다. 자신이 알고 있는 '무랑가'와 옥령이 말하는 '무랑가'가 동일인물이라는 사실을 모르는 것 같았다.

태무랑이 살아 있을 것이라고는 도저히 상상하지 못하고 있는 판국에 그가 자신을 구했다는 말이 가슴에 와 닿지 않는 것이다.

"무랑가께선 이미 자금성에서 무령왕과 소 성협 등을 구하셨어요. 그리고 공주의 행방을 찾아 헤매다가 동해군영에 계시다는 사실을 알아냈던 거예요."

"그분이… 무랑가께서 정말 살아 계시다는 건가요?"

"물론이에요. 지금쯤 단유천을 죽였을 거예요. 공주를 구하고 나서 단유천을 죽이겠다고 동해군영에 남으셨어요."

"아아……."

수월화는 눈을 동그랗게 크게 떴다. 태무랑이 살아 있다니 실로 믿을 수 없는 일이다.

그런데 그가 자신을 구하기까지 했다니 더욱 믿을 수가 없다. 하지만 믿고 싶다.

태무랑이 살아 있다는 사실은 그녀가 구해졌다는 사실보다 더 큰 기쁨이지 않은가.

그녀는 초췌한 얼굴에 잔뜩 궁금한 표정을 지으며 옥령을 바라보았다.

아무 말도 하지 않았으나 방금 한 말이 정말이냐고 그녀의 표정이 묻고 있었다. 그녀는 목이 콱 메어 말이 나오지 않았다.

"사실이에요. 무랑가께서 저도 구해주셨어요. 저는 자금성 지하 뇌옥에서 강시가 될 뻔했어요."

수월화는 눈도 깜빡이지 않고 옥령을 바라보았다. 옥령은 그녀가 쉽게 믿지 못하는 것을 충분히 이해했다. 자신도 태무랑을 처음 봤을 때 그랬기 때문이다.

"지금 제남으로 가는 길이에요. 그곳에 무령왕께서 계시고 또 그곳에서 무랑가와 만나기로 했어요."

"아아, 그분이 살아 계시는 거로군요?"

수월화는 부친인 무령왕이 구해졌다는 것보다 태무랑이 살아 있다는 사실이 더 기쁜 듯했다. 아니, 그 말밖에 귀에 들어오지 않았다.

"틀림없어요."

옥령은 자신의 입으로 그 사실을 말해줄 수 있다는 것이 얼마나 기쁜지 몰랐다.

"아아, 하늘이여… 감사합니다."

수월화의 눈에서 맑은 눈물이 흘러 수척하고 까칠한 뺨을 타고 흘렀다.

그녀는 자신이 구출된 것보다도 태무랑이 살아 있다는 사실에 더 감격하고 고마워했다.

옥령은 그것 역시 충분히 이해했다. 그녀 역시 수월화의 마음과 같기 때문이다.

"소저!"

그때 뒤에서 군통의 다급한 외침이 들렸다.

옥령은 돌아보다가 깜짝 놀랐다. 맹오와 군통이 탄 널빤지가 백여 장 정도 멀찍이 뒤처져 있었다. 옥령을 따라오는 것이 역부족이었던 것이다.

그러나 그보다 더 놀란 것은 그들의 뒤쪽에서 유엽선들이 바짝 추격하고 있는 광경을 발견했기 때문이다.

유엽선들이 더 빠른 데에는 이유가 있었다. 유엽선 한 척에 탄 고수 이십여 명 중에 십여 명이 뒤쪽 수면을 향해 일제히 장풍을 발출하고 있었다.

십여 명이 한꺼번에 장풍을 쏟아내서 반탄력을 만들고 있으니 유엽선이 얼마나 빠를지 미루어 짐작할 수 있다.

맹오와 군통은 따라잡히기 직전이다. 하지만 옥령이 그들을 도우려면 백여 장이나 되돌아가야 하고 또 그렇게 되면 수월화가 위험해진다.

그렇다고 해도 맹오와 군통이 위험에 처하는 것을 두고 볼 수만은 없는 일이다.

그녀가 갈등하고 있을 때 유엽선들이 맹오와 군통에게 오륙 장까지 가까워졌다.

"군 협! 유엽선을 태워 버려요!"

옥령은 상체를 비틀어 널빤지의 방향을 급선회하면서 군통에게 외쳤다.

"태, 태워? 뭘 태워?"

그러나 당황한 군통은 옥령의 말을 알아듣지 못했다.

맹오가 악을 쓰듯 소리쳤다.

"밥통! 너, 불길 뿜을 수 있잖느냐! 어서 유엽선들을 불태워 버려라!"

"아!"

군통은 번쩍 정신이 들었다. 그는 신이 난 듯 누런 이를 드러내면서 유엽선을 향해 돌아섰다.

그때 유엽선 앞쪽에서 몇 명의 고수들이 이쪽으로 몸을 날리려 하고 있었다.

군통은 두 손을 내밀어 힘껏 뻗었다.

"이놈들! 모조리 통구이로 만들어 버리겠다!"

화르릉!

슈아앙!

그의 오른손에서 시뻘건 불길이, 그리고 왼손에서는 새하얀 백색 기체가 폭발하듯이 뿜어졌다.

오른손의 불길만 발출해야 하는데 너무 흥분한 나머지 왼손의 음기까지 함께 발출해 버린 것이다.

화아아—

"흐아악!"

"크아악!"

유엽선 앞머리에서 이쪽으로 신형을 날리려던 네 명의 고수 중 세 명이 불길에 휩쓸리고 한 명이 온몸이 꽁꽁 얼어붙어 버렸다.

옷과 몸에 불이 붙은 세 명은 처절하게 비명을 지르면서 강물로 뛰어들었다.

하지만 불이 꺼지지 않았다. 음양지기의 화기로써 붙은 불이기 때문이다.

군통은 신바람이 나서 계속 양손으로 불기둥과 음기를 마구 뿜어냈다.

화르릉! 슈아앙!

유엽선 앞머리에 불이 붙자 고수들은 일제히 뒤로 몰려갔다. 그 바람에 유엽선은 뒤쪽에 무게가 집중되어 앞머리가 번쩍 들리더니 거짓말처럼 뒤집어져 버렸다.

물에 빠진 고수들이 허우적거리고 있을 때 다시 세 척의 유엽선이 맹오와 군통의 좌우로 빠르게 접근했다.

군통은 가장 가깝게 접근한 오른쪽의 유엽선을 향해 불길과 음기를 뿜어내며 기고만장해서 떠들어댔다.

"푸핫핫핫! 이놈들아! 나는 무적의 군통 나리시다! 통구이가 되는 맛이 어떠냐?"

접근하던 유엽선은 앞머리가 불타고 고수들 몸에 불이 붙어 난리가 벌어졌다.

그런데 아직 불이 붙지 않은 뒤쪽의 고수들이 허공 높이 신형을 솟구쳤다가 맹오와 군통을 향해 날아오며 일제히 무기를 뽑았다.

차차창!

가까운 곳의 유엽선만 신경을 쓰고 있던 군통은 화들짝 놀라 급급히 두 손을 머리 위로 뻗었다.

퍼퍼퍽!

불길과 음기에 적중된 고수 세 명이 불덩어리와 얼음 덩어리가 되어 날아갔다.

하지만 나머지 고수들이 도검을 휘두르며 맹오와 군통 머리 위에서 쏟아져 내렸다.

"우왓!"

첨벙!

군통은 당황하여 허둥거리다가 발이 삐끗하여 강물에 빠지고 말았다.

맹오는 널빤지를 몰고 가는 것을 포기하고 어깨의 도를 힘껏 뽑으며 고수들을 맞이했다.

그의 도는 태무랑이 오행지기의 금기를 추출해서 만들어준 오행염마도다.

또한 그는 태무랑에게 오행염마도법을 배웠다. 하지만 아직 걸음마 단계다.

개방의 성명 무공 외의 무공을 배운 것은 오행염마도가 유일하지만, 맹오는 그것이 무림의 어떤 도법보다도 월등히 뛰어나다는 사실을 배우면서 충분히 실감했다.

쐐애액! 싸아아— 쉐액!

허공중에 파공음이 어지럽게 난무했으며, 맹오의 오행염마도와 고수들의 도검이 스칠 듯이 교차하며 무수한 도영과

검영을 만들어냈다.

"으악!"

"크액!"

허공을 베는 것과는 조금 다른 느낌이 맹오의 오른손에 전해질 때 허공중에서 처절한 비명성이 터지며 두 명의 고수가 피를 뿌리며 강으로 떨어졌다.

맹오 주위에는 어느새 여러 대의 유엽선이 몰려들었다. 수십 명의 고수가 유엽선에서 신형을 날려 맹오를 공격하고는 다른 유엽선으로 내려서기를 반복했다.

군통은 물에 빠져서 허우적거리고 있는데, 널빤지가 작아서 올라갈 수도 없고, 때마침 가까이 접근한 유엽선에서 고수들이 공격을 개시하자 어쩔 수 없이 물속으로 잠수를 해버리고 말았다.

맹오는 널빤지에서 중심을 잡으랴 고수들과 싸우랴 제정신이 아닌 상황이다.

그가 태무랑 덕분에 무공이 급상승했다고 해도 널빤지 위에서 수십 명의 적을 상대로 싸우는 것은 결코 쉬운 일이 아니다.

아니, 언제 적들의 도검에 베이거나 찔릴지 아슬아슬한 순간의 연속이다.

차차차창!

처음에는 공격을 하던 맹오는 사방에서 너무 많은 적들이 공격을 퍼붓자 어느 순간부터 공격은 고사하고 방어를 하기에 급급해졌다.

적들, 즉 고수들은 하나같이 일류고수 이상의 대단한 실력을 지니고 있었다.

하긴 동해군영에 선발될 정도의 무극신련 고수라면 결코 평범하지는 않을 것이다.

방어하기에 급급하던 맹오는 곧 패색이 짙어지면서 여기저기 몇 군데 가벼운 상처를 입기 시작했다.

그는 주위를 돌아볼 겨를도 없으며 군통을 도와줄 수 있는 상황은 더더욱 아니다. 이대로라면 열 호흡 이내에 당하고 말 것 같았다.

특히 적들의 합공은 상상 이상으로 치밀하면서도 무척 위력적이었다. 하지만 그는 그것이 검진(劍陣)이라는 사실을 알지 못했다.

옥령은 맹오와 군통이 걱정됐으나 자신의 앞을 가로막으면서 공격해 오는 적들 때문에 널빤지의 속도가 현저히 느려지면서 발목이 붙잡힌 상황이다.

도합 열 척의 유엽선 중에서 한 척이 침몰했으며, 여섯 척의 고수 백이십여 명이 옥령 한 사람을 무차별 협공하고 있는 상황이다.

그런데 옥령은 지금 맹오와 군통을 구해주지 못해서 초조한 심정이면서도 한편으로는 적잖이 놀라고 있었다.

자신의 무공이 상상을 초월하는 수준이라는 것을 직접 싸우면서 깨달았기 때문이다.

그녀는 태무랑이 무공을 회복시켜 주고 또 증진시켜 준 이후에 지금 처음으로 싸워보는 것이다.

더구나 그녀는 장풍을 전개했는데 오른손에서 오행지기가 마구 뿜어져 나갔다.

태무랑이 그녀에게 오행지기를 주입해 주었으며, 또한 오행신공을 가르쳐 주어 지속적으로 오행지기를 흡수할 수 있도록 해준 덕분이다.

퍼퍼퍼퍽!

옥령이 뿜어내는 오행지기에 적중된 적들은 비명조차 지르지 못했다.

극양지기에 적중된 자들은 그 즉시 한 줌의 재로 화했다. 군통이 뿜어내는 불길하고는 근본적으로 달랐다.

극음지기에 적중되면 얼음 가루가 되어 흩어졌고, 금기나 토기, 목기에 적중되면 구멍이 뻥뻥 뚫리거나 한 줌의 먼지가 되어 허공에서 사라져 버렸다.

'아아… 이것은 도대체……'

옥령은 경악과 기쁨이 범벅된 표정으로 연신 오른손을 쉬

차례도 빗나가지 않았다.

탓!

"맹 협! 이쪽으로 와요!"

뒤이어 그녀는 널빤지를 박차고 허공으로 비스듬히 도약하여 맹오에게서 멀지 않은 한 척의 유엽선으로 쏘아가며 낭랑하게 외쳤다.

그녀가 여러 척의 유엽선 중에서 그 유엽선을 목표로 삼은 이유는, 맹오와 유엽선 사이 강물에 군통이 빠져서 고수들의 협공을 당하는 중이기 때문에 그를 구하기 위해서다.

그녀는 유엽선으로 날아가는 도중에 아래를 향해 오행지기를 뿜어 군통을 협공하고 있는 적들을 주살했다. 손이 보이지 않을 정도로 빠르게 움직이자 잠깐 사이에 대여섯 명을 죽였다.

군통은 물에 빠져 있는 상태라서 제대로 싸워보지도 못하고 거의 허우적거리는 수준에서 힘겹게 불과 얼음을 뿜어내고 있었다.

하지만 그런 상황에서는 적들을 제대로 적중시키지 못하고 헛손질을 하기 일쑤였다.

바로 그런 때에 뻗어온 옥령의 구원의 손길은 말 그대로 그를 구원해 주었다.

옥령이 목표로 삼은 유엽선에는 칠팔 명 정도의 고수가 남아 있었다.

쿵!

"우왓!"

"으앗!"

옥령이 배에 내려서는 것과 동시에 발로 바닥을 세차게 구르자 그 반동으로 배에 있던 칠팔 명이 허공으로 쏜살같이 퉁겨져 날아갔다.

이어서 그녀는 물속에 있는 군통을 향해 손을 뻗었다가 가볍게 잡아당기는 동작을 했다.

촤악!

"왓!"

순간 군통이 수면 위로 솟구쳤다가 옥령이 있는 배로 곧장 쏘아왔다.

그녀가 접인신공을 발휘한 것이다. 예전 같으면 꿈도 꾸지 못했던 상승 수법이다.

쿵!

군통은 유엽선 바닥에 둔탁하게 떨어져 나뒹굴었고, 뒤이어 맹오도 배에 내려섰다.

"저를 내려주세요."

수월화의 말에 옥령은 재빨리 유엽선의 앞쪽으로 가서 그녀를 바닥에 내려놓은 후 자신은 그녀 옆에 우뚝 섰다. 이어서 맹오와 군통에게 외쳤다.

"두 분은 배를 몰아 상류로 향하세요!"

맹오와 군통은 옥령이 놀라운 실력을 발휘하는 것을 목격했으며 또 그녀가 유엽선을 탈취하여 막힘없이 지휘하는 것을 보고는 믿음이 크게 생겼다.

"알겠습니다!"

합창하듯 외치는 두 사람의 목소리에 잔뜩 힘이 들어갔다.

군통은 돛을 활짝 올리고 맹오는 배 뒤쪽 수면을 향해 장풍을 발출했으며, 옥령은 우뚝 서서 두 발을 통해 공력을 뿜어내서 배가 더 빨리 쏘아가도록 했다.

무극신련 고수들은 여기저기 흩어져 있는 유엽선의 돛을 올리고 추격하느라 부산했다.

그리고 옥령은 근처에 있는 고수들에게 연이어 오행지기를 발출하여 추풍낙엽처럼 재로 만들면서 전진했다.

第百二十二章
수월화 돌아오다

"추격자들은 모두 바다로 돌아갔습니다."

강을 지키고 있던 맹오가 수월화와 옥령이 있는 곳으로 돌아와서 기쁜 표정으로 보고했다.

맹오가 들어간 곳은 소청하 강가에서 수백 장 떨어진 작은 촌락의 어느 집이다.

두 시진 전쯤에 옥령 일행은 소청하 상류로 가는 척하다가 유엽선을 뭍으로 끌고 올라와서 숲에 감춰두고 이곳 촌락으로 와서 편히 쉬는 중이다.

그것 역시 추격자들을 따돌리기 위해서 수월화가 생각해

낸 것이다.

무극신련 고수들은 옥령 일행이 유엽선을 타고 도주했으니까 당연히 강을 따라 상류로 올라갔을 것이라고만 생각하고 강을 오르락내리락하면서 샅샅이 수색을 했다.

그러나 촌락에서 편히 쉬고 있는 그들을 강에서 찾을 수 있을 리가 만무했다.

결국 무극신련 고수들은 추격을 포기하고 돌아갔으며, 강가에 숨어서 지켜보고 있던 맹오가 그것을 확인하고 돌아와 보고한 것이다.

두 시진 동안 옥령과 수월화는 촌락의 방 하나를 빌려서 편안하게 쉬면서 대화를 나누었다.

대화 내용은 물론 태무랑에 대한 것이었다. 주로 옥령이 설명하고 수월화는 듣는 쪽이었다.

옥령은 같은 설명을 여러 차례 반복했다. 수월화가 같은 얘기를 자꾸 듣고 싶어 했기 때문이다.

사실인지 확인하려는 것보다는 너무 꿈처럼 행복한 얘기라서 들으면 들을수록 더욱 행복해졌다.

수월화는 너무 기쁘고 행복해서 맹오가 보고하는 말도 듣는 둥 마는 둥 했다.

그녀는 옥령에게 많은 설명을 들었으나 단 하나만 기억할 뿐이다. 태무랑이 살아 있다는 것, 그것뿐이다.

수월화의 초췌한 얼굴에서는 빛이 흘러나오고 있었다. 이 년여 동안 까맣게 잊고 지냈던 희망의 빛이다.

옥령은 소리없이 눈물을 흘리고 있는 수월화를 보면서 방그레 미소 지었다.

"준비됐어요?"

수월화는 의아한 표정으로 그녀를 바라보았다.

"무슨……."

"무랑가를 만나러 갈 준비 말이에요."

수월화는 옥령의 부축 없이 혼자 일어서면서 입술을 꼭 깨물었다.

"나는 이 년 동안 그분을 만날 준비를 하고 있었어요."

*   *   *

태무랑은 단유천을 죽이지 못한 것이 자꾸 마음에 걸렸다.

그는 동해군영에서 단유천과 싸우다가 그를 패퇴시킨 직후에 그를 찾으려고 동해군영 내를 뒤지고 다녔으나 끝내 뜻을 이루지 못했다.

단유천은 천원신기에 가슴 한복판이 관통됐다. 치명적이기는 하지만 죽지 않을 가능성이 남아 있었다. 그래서 그를 찾아내서 아예 숨통을 끊어놓으려고 했던 것이다.

그러나 동해군영이 워낙 방대해서 샅샅이 뒤지는 데 무리가 따랐으며, 수천 명의 고수들과 수만 명의 군사들이 쏟아져 나와 태무랑에게 달려드는 바람에 난감한 상황에 처하게 되었다.

결국 하는 수 없이 동해군영에서 물러난 그는 약속 장소로 가서 소천군과 비한, 미료, 한천궁주 등을 만났다.

그들은 태무랑이 수월화를 구하고 단유천과 싸우는 동안 봉래현의 화포제조창과 군선제조창을 폭발시키고, 동해군영 내의 전각들을 불태우는 등 소란을 일으켰다.

태무랑이 수월화를 일시적으로 죽이고 난 직후에 화포제조창과 군선제조창이 제때에 폭발한 것이 결정적인 도움을 주었다.

그랬기 때문에 보고를 받은 단유천이 수월화를 방에 혼자 놔두고 밖으로 나갔고, 그래서 태무랑이 그녀를 손쉽게 구할 수 있었던 것이다.

소천군 등은 태무랑이 수월화를 구했다는 말에는 크게 기뻐했으나 단유천을 죽이지 못했다는 사실에 적잖이 낙담한 표정을 지었다.

하지만 소천군은 수월화를 구했고 또 봉래현과 동해군영에 적지 않은 피해를 입힌 것에 만족하자며 태무랑의 어깨를 두드리면서 위로해 주었다.

＊　　　＊　　　＊

　제남 성내의 서쪽 인상문(麟祥門) 근처는 크고 작은 장원들이 대로 양쪽에 줄지어 늘어서 있다.

　대로의 끄트머리에 풍광이 수려한 한 채의 아담한 장원이 자리 잡고 있는데, 전문 위 편액에는 금화장(金花莊)이라는 이름이 적혀 있었다.

　이곳이 얼마 전까지 한천궁주와 그녀의 수하들이 살았던 곳이라는 사실은 아무도 몰랐다.

　한천궁주는 철화천궁 제남지부가 무극신련의 공격으로 붕괴된 이후에 살아남은 수하들을 데리고 장원 한 채를 구해서 금화장이라고 이름을 짓고는 그곳에서 살았다.

　'금화'라는 이름의 '금(金)'이 '철화'의 '철(鐵)'처럼 같은 쇠를 뜻하기 때문에 철화라는 이름 대신 금화라는 장원의 이름을 지은 것이다.

　금화장에는 한천궁주의 수하 일곱 명 중에서 세 명이 지키고 있었다.

　그녀들은 그곳에서 무령왕과 가빈을 대접하면서 태무랑 일행을 기다리고 있었다.

태무랑과 소천군 등은 동해군영을 출발한 날 밤늦게 금화장에 도착했으나 잠자리에 드는 사람은 아무도 없었다. 수월화와 옥령 등을 기다리고 있는 것이다.

하지만 수월화 등은 다음날 아침이 되고 낮이 지나 다시 밤이 될 때까지도 도착하지 않았다.

태무랑은 그녀들이 배를 타고 올 것이라고 예상하기 때문에 아무리 빨라도 사흘은 걸릴 것이라고 짐작했다.

그렇다면 앞으로 이틀을 더 기다려야 한다. 그런데도 모두들 잠을 이루지 못한 채 벌써부터 기다리고 있는 것이다.

혹시 그녀들이 배를 버리고 육로를 이용했다면 더 빨리 도착하지 않을까 하는 생각에서다.

하지만 그녀들에게 별일이 생기지 않았다면 예정대로 배를 타고 올 것이다.

그 반대로 배가 아닌 육로로 온다면 중간에 무슨 일이 있었다는 뜻이다.

그러므로 태무랑 등은 그녀들이 배로 오기를 빌면서도 한편으로는 한시바삐 도착하기를 바라고 있는 것이다.

사흘째 저녁나절에 태무랑 일행은 제남 북쪽에 있는 포구로 나가서 수월화 등을 기다리고 있었다. 그녀들이 도착하기로 되어 있는 날인 것이다.

원래는 태무랑과 무령왕 두 사람만 포구에 오려고 했는데 모두들 자신이 꼭 나와야 하는 이유를 줄줄이 대면서 따라 나왔다.

예전에 황하 변에는 세 개의 포구가 있었지만 왼쪽의 두 개는 나라에 징발을 당했다.

전국에서 몰려드는 물자를 실은 큰 배들 때문인데, 그것으로도 모자라서 십여 개의 포구를 더 만들고서도 강에는 미처 접안하지 못한 배 수십 척이 정박한 채 차례를 기다리는 모습이 보였다.

그런 사정 탓에 백성들은 가장 우측에 있는 포구 하나만을 사용할 수 있는데, 그곳에는 몰려드는 온갖 배로 늘 북새통을 이루고 있다.

태무랑 일행은 모두 장사치로 변장한 모습으로 포구의 한 모퉁이에 모여 서 있다.

모두들 강 쪽을 쳐다보면서 수월화가 타고 올 낯익은 배를 찾느라 눈이 빠질 지경이다.

시간이 흘러 해시(밤 10시)가 지나고 있다. 태무랑 일행은 밤이 깊어지면 포구가 한산해져서 자신들 모습이 눈에 띨까 염려했다.

포구에는 수많은 고수들과 군사들이 눈을 번뜩이며 오가고 있어서 자칫하면 발각될 우려가 있다.

그런데 해시가 됐는데도 포구는 여전히 밀려드는 배들과 배에서 물건을 내리고 잡은 물고기를 내리며 사람들을 쏟아내느라 부산해서 오히려 더 복잡해졌다.

그런 상황으로 봤을 때 포구는 밤새도록 분주할 것 같았다. 태무랑 일행에겐 다행한 일이다.

하지만 수월화 등이 탄 배는 자정이 훨씬 넘을 때까지도 보이지 않았다.

태무랑은 마음이 초조해져서 그녀들을 배로 먼저 보낸 것이 후회됐다.

하지만 그녀들을 봉래현 근처에서 기다리라고 했으면 무슨 일이 일어났을지 알 수가 없다.

모두들 저녁 식사도 하지 않은 상태에서 밤이 깊어가고 있지만 아무도 허기를 느끼지 못했다.

미시(새벽 2시)가 되어갈 무렵 비한과 한천궁주가 포구에서 밤새도록 영업을 하는 주루를 찾아내서 일행은 그곳으로 자리를 옮겼다.

포구가 아무리 북적인다고 해도 여러 사람이 한 장소에 오랫동안 있으면 의심을 사기 때문이다.

하지만 태무랑은 그 자리에서 움직이지 않았다. 그리고 미료도 태무랑 곁에 남았다.

그렇게 또 시간이 속절없이 흘러갔고, 태무랑의 마음은 가몸의 논바닥처럼 타들어갔다.

수월화와 옥령 등에게 일어날 수 있는 온갖 상황이 그의 머릿속에서 명멸했다.

하지만 지금 그가 할 수 있는 일은 기다리는 것뿐이다. 수월화가 지금쯤 어디에 있으며 또 어떤 상황인지 전혀 모르기 때문이다.

황하 하류 쪽에서 부옇게 여명이 밝아오기 시작했다. 동해 군영을 쑥밭으로 만든 지 나흘째 아침이다.

포구는 여전히 분주한 가운데 아침을 맞이하고 있었다.

태무랑은 황하 하류 쪽에 시선을 고정시킨 채 석상이 돼버린 듯 꼼짝도 하지 않았다.

수월화와 옥령이 타고 올 배는 흔히 있는 평범한 모습이기 때문에 강에 떠 있거나 포구로 밀려드는 배들은 다 비슷비슷하게 보였다.

태무랑 왼쪽에 서 있는 미료도 그의 시선을 따라 하류 쪽을 주시하다가 강상(江上)에 떠오르고 있는 태양 때문에 눈이 부셔서 잠시 고개를 왼쪽으로 돌렸다.

포구는 오른쪽이나 왼쪽이나 똑같은 광경이다. 아침이 되니까 밤보다 더 많은 배가 쏟아지듯이 몰려들어 북새통이 아니라 아비규환을 이루고 있었다.

문득 미료는 한 척의 특이하게 생긴 작은 배에 무심코 시선이 갔다.

그 배는 버들잎처럼 날렵하게 생겼는데, 수백 척의 배들이 꼬리를 물고 밧줄로 이어져서 접안해 있는 사이를 요리조리 날렵하게 빠져나가면서 포구로 다가오고 있었다.

경험이 풍부한 미료는 그 배가 군선에서 사용하는 유엽선이라는 사실을 한눈에 알아보았다.

유엽선은 복판에 작은 움막이 쳐져 있었으며 돛을 내린 모습인데 배의 앞과 뒤에서 두 명의 사내가 부지런히 노를 저어 포구로 다가오고 있었다.

건장한 체구의 사내들은 다른 배에 부딪치지 않으려고 온 신경을 쓰고 있는 탓에 미료가 보고 있다는 사실을 알아차리지 못했다.

미료는 노를 젓고 있는 두 사내를 발견하는 순간 눈이 번쩍 떠지며 낮은 외침을 터드렸다.

"맹오! 군통!"

그녀의 외침에 태무랑이 움찔 놀라 급히 그녀가 바라보고 있는 곳을 쳐다보았다.

미료의 외침을 듣고 마침 이쪽을 쳐다보던 맹오와 군통은 태무랑을 발견하고는 만면에 기쁜 표정을 가득 떠올렸다.

태무랑은 즉시 그들에게 다가갔다. 주위에 여러 사람이 있

다는 사실도 잊은 채 번쩍하는 순간 그는 유엽선에 내려서고
있었다.

"주군."

"아이고, 주군!"

맹오와 군통은 기쁜 표정으로 노를 내려놓고 태무랑을 바
라보았다.

태무랑은 가볍게 고개를 끄덕이고는 배 복판으로 가서 움
막 앞에 섰다.

유엽선에는 원래 움막이 없다. 그런데 맹오와 군통이 네 귀
퉁이에 나무를 박고 위와 사방을 두툼한 천막으로 가려서 움
막을 급조한 것이다. 그랬다는 것은 움막 안에 보호해야 할
무엇인가 있다는 뜻이다.

태무랑은 몹시 긴장되고 흥분한 표정으로 움막 앞에 서서
굽어보았다.

슥―

그때 움막이 들춰지면서 옥령의 얼굴이 나타났다. 미료가
맹오 등을 부르는 소리와 맹오 등이 태무랑을 부르는 소리를
들은 것이다.

"무랑가……."

움막 앞에 우뚝 서 있는 태무랑을 올려다보는 옥령의 눈에
눈물이 가득 고였다.

그를 발견한 순간 여기까지 오는 동안 고생을 했던 일들이 모두 눈 녹듯이 사라져 버렸다.

그녀는 문득 자신은 태무랑과 불과 나흘 떨어져 있다가 다시 만났는데에도 이렇게 반가운데 수월화의 기쁨이 어느 정도일지 저절로 짐작할 수 있었다.

곧 수월화를 만나게 될 태무랑이지만 옥령을 소홀히 대하지 않았다. 그는 옥령을 품에 꼭 안고 등을 토닥였다.

"애썼다."

"그보다……."

옥령은 그의 품에서 빠져나오며 바닥에 누워 있는 수월화를 가리켰다.

"공주님이에요."

수월화를 보고 싶어 하는 태무랑의 심정을 십분 짐작하기 때문이다.

수월화는 두툼한 이불을 둘둘 말아서 깔고 덮고 있는데 초췌한 얼굴로 깊이 잠들어 있었다.

"오면서 고생을 너무 많이 해서 탈진했어요. 하지만 달리 아픈 곳은 없는 것 같아요."

태무랑은 그렇게 말하는 옥령의 머리를 쓰다듬은 후에 수월화를 품에 안고 일어나 움막에서 나왔다.

그와 일행이 금화장으로 돌아왔을 때까지도 수월화는 깨

지 않았다. 그로 미루어 그녀가 얼마나 쇠약해졌는지 짐작할
수 있었다.

실내에는 태무량과 수월화 두 사람만 있다. 수월화는 침상
에 잠들어 있고 태무량은 침상 가에 앉아 있다.

태무량은 수월화의 손목을 잡고 맥을 짚어보다가 그녀가
자는 것이 아니라 혼절했다는 사실을 깨달았다. 잠든 것과 혼
절한 것은 맥박과 호흡이 다르다.

그는 수월화의 체내에 천원신기를 부드럽게 주입하기 시
작했다. 삼라만상의 근원인 천원지기가 천만 배로 응축된 것
이 천원신기다.

천원신기가 그녀의 온몸 구석구석으로 퍼져서 원기를 북
돋아주고 시들었던 혈맥 하나하나에 신비한 기운을 넘치도록
불어넣어 주었다.

잠시가 지나자 수월화의 얼굴에 발그레 화색이 돌기 시작
하더니 움푹 들어간 뺨과 눈에 살이 오르며 도도록하게 부풀
어 올랐다.

또한 앙상한 팔다리와 몸에도 살이 오르고 혈색을 되찾았
으며 심장과 맥박이 힘차게 뛰었다.

일각 정도의 시간이 흐른 후에 그녀는 예전에 태무량이 알
고 있던 그 모습을 되찾았다.

이윽고 태무랑이 손을 떼고 잠시 지나자 마침내 수월화가 사르르 눈을 떴다.

예전에 봐왔던 흑진주처럼 까맣고 영롱한 눈동자가 천장을 빤히 바라보다가 좌우로 굴렀다.

그러다가 자신을 굽어보고 있는 태무랑의 얼굴에서 뚝 멈추더니 눈이 조금 커졌다.

"아……."

태무랑은 빙그레 미소 지었다.

"잘 잤어?"

수월화의 커다란 눈이 더욱 커졌다가 눈동자가 가볍게 흔들렸다.

"무랑가……."

그녀는 자신이 아직 잠을 자고 있어서 꿈을 꾸는 것인지도 모른다는 생각이 들었다.

그래서 자꾸만 눈을 깜빡이면서 이것이 꿈인지 현실인지 알아내려고 애썼다.

태무랑이 손을 뻗어 그녀의 뺨을 부드럽게 어루만졌다.

"령아, 보고 싶었어."

"정말… 당신인가요?"

"물론이지."

"아, 저는 믿어지지 않아요."

꿈일까 봐 수월화는 바들바들 떨었고, 두 눈에는 두려운 빛
이 가득했다.

태무랑은 그녀를 일으켜서 허리를 안고 얼굴을 가까이 끌
어당겼다.

"잘 봐, 령아. 너의 남편 태무랑이야."

"아······."

작고 가냘픈 수월화의 몸이 더욱 심하게 떨렸다. 두 눈 가
득 눈물이 고였고, 눈물 너머로 부드럽게 미소 짓고 있는 태
무랑의 모습이 신기루처럼 보였다. 가까이 있는데도 손을 뻗
으면 닿지 않는 신기루 같았다.

그녀는 두 손을 뻗어 태무랑의 얼굴을 더듬었다. 눈으로 보
는 것뿐만 아니라 손에 만져지는 느낌과 체온이 그녀가 그토
록 그리워했던 태무랑이 분명했다.

"무랑가··· 정말 당신이로군요."

그녀는 얼굴을 더욱 가까이하더니 자신의 입술로 태무랑
의 입술을 살며시 비볐다.

"아··· 이 감촉··· 당신이 맞군요."

"령아······."

태무랑은 그녀를 와락 힘주어 안으면서 입을 맞추고 혀를
부드럽게 빨아들였다.

입맞춤을 하면서 그녀를 안아 무릎에 앉혔다. 그녀는 뼈가

없는 듯 그에게 깊게 안기며 작게 몸부림쳤다. 행복의 몸부림이다.

그녀는 태무랑의 온몸을 만지고 더듬었으며, 그도 그녀의 가냘프지만 풍만한 몸을 쓰다듬고 어루만졌다.

긴 입맞춤 후에 수월화는 태무랑의 귀에 가쁜 숨을 할딱거리며 토해냈다.

"어서 해줘요."

성욕이 아니다. 단지 자신이 태무랑을 만났다는 사실을 똑바로 확인하고 싶었다.

두 사람은 한 덩이가 되어 침상으로 쓰러졌다. 태무랑의 사랑을 온몸으로 느끼고 확인하면서 수월화는 이대로 죽어도 좋다는 생각이 들었다.

한차례 폭풍 같은 정사가 끝난 후 수월화는 태무랑의 품에 안겨 있었다.

아니, 그의 몸 위에 엎드린 자세로 그의 넓은 어깨에 뺨을 묻고 그의 옆얼굴을 하염없이 바라보았다.

태무랑은 그녀의 탄력있고 매끄러운 둔부를 쓰다듬으며 미소 지었다.

"이제 나라는 것을 알겠어?"

"어머?"

수월화는 깜짝 놀라면서 몸을 움찔 떨었다. 그런데 그녀의 얼굴이 발갛게 물들었다. 태무랑이 짓궂은 행동을 했기 때문이다.

사실 그의 음경은 아직도 단단한 채로 그녀의 몸 안에 깊이 들어가 있는 상태였다.

그 상태에서 그가 말을 하며 동시에 음경에 불끈 힘을 준 것이다.

"이런 장난을 치는 걸 보니까 당신이 틀림없어요."

수월화는 얼굴을 더욱 붉히면서 그의 귀에 입을 대고 달콤하게 속삭였다.

그러면서 천천히 허리를 꿈틀거렸다. 그러자 그녀의 안에서 또 다른 태무랑이 그녀를 뜨겁게 만들어주었다.

태무랑과 수월화는 두 차례나 격렬한 정사를 나눈 후에야 밖으로 나왔다.

하지만 그들이 정사를 했다는 사실을 밖에 있는 사람들은 아무도 몰랐다.

태무랑이 침상 주위에 막을 쳐놨기 때문에 소리가 일체 밖으로 흘러나가지 않았다.

태무랑과 수월화는 모두가 기다리고 있는 방으로 나란히 걸어 들어갔다.

"아!"

"령아……."

"공주님!"

실내에서 이제나저제나 초조하게 기다리고 있던 중인은 수월화를 발견하고 저마다 탄성을 터뜨렸다.

한 시진 전까지만 해도 수월화는 지독하게 깡말랐던 모습을 하고 있었다.

그런데 지금 그녀는 예전의 강남삼미 중 한 명인 수월화 주령의 미모를 고스란히 되찾은 모습이어서 중인은 놀라움을 금치 못했다.

물론 중인은 태무랑이 수월화 원래의 모습을 찾아주었을 것이라고 짐작했다.

"아버님!"

"령아! 이 녀석!"

수월화는 무령왕을 발견하고 달려가서 흐느껴 울며 안겼고, 무령왕도 눈물을 흘리며 그녀를 안고 등을 쓰다듬었다.

"고생이 많았구나."

한바탕 요란한 해후가 끝난 후 일행은 연회가 준비되어 있는 곳으로 자리를 옮겼다.

그런데 자리에 앉은 사람은 남자들과 수월화, 가빈뿐이다.

그 외의 여자들, 즉 옥령과 미료, 한천궁주는 쭈뼛거리면서 모여 서 있었다.

그녀들 중에서 가장 머뭇거리는 여자는 누가 뭐래도 옥령일 수밖에 없다. 그녀는 태무랑의 여자로 인정된 상태지만 그것은 어디까지나 잠정적인 것이지 아직 공식적인 것은 아니기 때문이다.

더구나 그녀는 이 년여 전에 무령왕가에서 태무랑의 몸종이라는 신분이었다.

그랬던 그녀가 수월화가 없는 동안에 태무랑의 여자가 됐다고 해서 그의 곁에 덥석 앉을 수가 없어서 머뭇거리고 있는 것이다.

지금 그녀가 가장 어려워하는 사람은 당연히 수월화다. 그녀는 이 년여 전에 수월화를 상전으로 모셨다. 더구나 '옥령'이라는 이름은 '단유천'이라는 이름과 함께 태무랑을 비롯한 그의 측근들에게 원수의 이름이다.

그러므로 옥령은 감히 태무랑 옆에 앉는 것은 고사하고 지금 이렇게 수월화 앞에 서 있는 것만으로도 전전긍긍 어쩔 줄을 몰랐다.

미료는 그녀대로 감히 태무랑 근처에 얼씬도 하지 못하고 있었다.

평소에는 자신이 태무랑의 그림자라고 자처하면서, 심지

어 잠잘 때도 그와 같은 방을 사용했으나 지금은 옥령 옆에 서서 꿰다 놓은 보릿자루 같은 모습을 하고 있다.

미료 역시 수월화 앞에서 함부로 경거망동을 하지 못하고 있는 것이다.

옥령과 미료가 그런 상황인데 원래 숫기없는 한천궁주라고 별 뾰족한 수가 있는 것은 아니다.

그녀들이 그러는 모습은 마치 호랑이 없는 산에서 여우들이 왕 노릇을 하다가 마침내 산의 주인 호랑이가 돌아온 듯한 분위기였다.

태무랑은 짐짓 모른 체하고 가만히 있었다. 그는 여자들에 대해서는 수월화에게 맡겨 버렸다.

그렇다고 사전에 그녀에게 옥령이나 미료, 한천궁주에 대해서 말해주지는 않았다.

그때 수월화가 옥령을 향해 손을 뻗으며 온화하게 미소 지으며 말했다.

"옥 소저, 이리 와요."

옥령은 화들짝 놀라서 어쩔 줄을 몰랐다. 그녀는 모두의 시선을 받으면서 주춤거리며 수월화에게 다가갔다.

그리고는 수월화가 무슨 말을 하기도 전에 그녀 앞에 무너지듯이 무릎을 꿇고 머리를 조아렸다.

"공주님! 과거 저의 죄를 부디 용서하세요!"

수월화는 옥령의 갑작스런 행동에 깜짝 놀라서 급히 그녀를 부축해 일으켜 앉혔다.

"이러지 말아요, 옥 소저. 저는 옥 소저에게 큰 은혜를 입었어요. 만약 옥 소저가 아니었으면 저는 이곳에 와서 무랑가와 아버님, 그리고 여러분을 만나지도 못했을 거예요."

"하지만 저는 큰 죄인입니다."

"저에게 죄를 졌나요?"

"......."

옥령은 대답을 못하고 머뭇거렸다.

"누구에게 죄를 지었죠?"

수월화의 물음에 옥령은 부지중에 태무랑을 바라보았다. 그에게 죄를 지었다는 뜻이다.

수월화는 온화한 표정을 지으며 재차 물었다.

"무랑가께서 옥 소저의 죄를 용서하셨나요?"

"네……."

수월화는 방그레 미소 지었다.

"그렇다면 옥 소저는 이제 누구에게도 죄를 짓지 않은 거예요. 무랑가에게 죄를 지었는데 무랑가께서 용서하셨으니까요. 그렇지 않은가요?"

"하지만……."

수월화는 옥령의 두 손을 잡고 태무랑의 왼쪽에 앉도록 이끌었다.

"이제 옥 소저는 여기에 앉도록 해요."

그러자 옥령은 수월화의 손을 가볍게 뿌리치면서 다시 그녀 앞에 무릎을 꿇고 엎드려 절을 올렸다.

"저는… 감당하기 어렵습니다."

수월화는 나직이 한숨을 흘리고는 태무랑을 바라보았다.

"옥 소저의 고집이 이러하니 무랑가께서 바로잡아 주셔야겠군요."

"내가 뭘?"

"옥 소저가 무랑가의 여자인가요?"

태무랑은 어색한 표정을 지었다. 조화지경에 이른 그를 궁지에 몰아넣을 수 있는 사람은 수월화뿐일 것이다.

그러나 태무랑보다 더 긴장한 사람은 옥령이다. 그녀는 자신이 태무랑의 여자인지 아닌지 그에게서 직접 들은 적이 없다.

태무랑은 겸연쩍은 웃음을 지었다.

"하하, 옥령은 내 여자지."

그렇게 말하는데 이상하게도 등줄기에서 식은땀이 흘렀다.

그는 자신의 말을 듣고도 수월화의 표정이 조금도 변하지 않는 것을 보았다.

그렇다는 것은 수월화가 태무랑의 대답을 예상하고 있었다는 뜻이다.

수월화는 다시 옥령의 손을 잡고 우아하게 말했다.

"들었죠? 앞으로 우리는 자매처럼 사이좋게 지내야 해요."

그녀의 말은 옥령을 태무랑의 여자로서 인정하고 앞으로 둘이서 태무랑을 보필하자는 뜻이다. 그 사실을 옥령이 어찌 알아듣지 못하겠는가.

"공주님……."

고개를 들어 수월화를 바라보는 옥령의 얼굴은 온통 눈물 투성이였다.

"자, 어서 이리 앉아요."

수월화는 다시 한 번 옥령을 이끌어서 태무랑 왼쪽에 앉혔다. 옥령도 이번만큼은 거부하지 못하고 그녀가 이끄는 대로 공손히 따랐다.

수월화는 이번에는 미료와 한천궁주를 바라보았다. 그녀들의 차례인 것이다.

"두 분은 누구시죠?"

수월화로서는 미료와 한천궁주를 한 번도 본 적이 없다. 하지만 이곳에 있는 것으로 미루어 중요한 사람일 것이라고 짐작했다.

미료와 한천궁주는 자신도 모르게 몸에 바짝 힘이 들어가서 뻣뻣해졌다.

미료는 즉시 수월화에게 무릎을 꿇었다.

"공주님, 소인은 주인님의 종으로 미료라고 합니다. 앞으로 공주님의 많은 가르침을 바랍니다."

"종이라고요?"

미료는 자신이 어떻게 해서 태무랑의 종이 되었는지를 간략하게 설명했다.

그녀의 사연은 맹오와 군통밖에 모르고 있었던 터라서 모두들 고개를 끄덕였다.

미료는 설명을 마친 직후에 고개를 들고 수월화를 우러러보면서 단호하게 말했다.

"소인은 어떤 상황에서도 주인님 곁에서 그림자처럼 지켜왔으며 앞으로 죽을 때까지 그럴 각오입니다!"

수월화는 미소를 지으며 고개를 끄덕였다.

"앞으로도 잘 부탁해요."

그 말에 미료는 속박에서 벗어난 것처럼 재빨리 태무랑 뒤에 가서 우뚝 섰다.

이제 혼자서 오도카니 서 있는 사람은 한천궁주뿐이다. 그렇지만 워낙 숫기가 없는 성격인 그녀는 어떻게 해서 이 난국을 헤쳐 나가야 할지 몰라 초조한 표정으로 태무랑을 바라보았다. 도움을 바라는 것이다.

태무랑은 빙그레 미소 지으며 한천궁주에게 손을 뻗어 간단하게 해결해 주었다.

"누나, 이리 와."

한천궁주는 주춤거리면서 다가왔다.

태무랑이 수월화에게 그녀를 소개했다.

"누나는 철화천궁 한천궁주야. 경뢰궁주 경뢰 누나의 동생이기도 하지."

"아……."

수월화는 크게 놀라 즉시 일어나 한천궁주에게 다가가서 그녀의 손을 잡고 자신의 옆자리로 이끌어 앉혔다.

그녀는 한천궁주의 두 손을 잡고 눈물을 글썽이며 더없이 반가운 표정을 지었다.

"경뢰 언니는 저하고도 무척 친했어요. 우리는 정말 많은 난관을 함께 겪었으며 저와 무랑가는 경뢰 언니의 도움으로 위기에서 벗어난 적이 여러 차례 있었어요."

수월화가 경뢰궁주에 대해서 말하자 여린 성품의 한천궁주는 새삼 언니가 그리워져서 눈물이 흘러넘쳤다.

"앞으로 언니로 모실 테니 부디 많이 이끌어주세요."

"고마워요, 공주님."

한천궁주는 두 손을 수월화에게 맡긴 채 눈물을 흘리며 공손히 고개를 숙였다.

실내의 복판에는 길쭉한 탁자에 온갖 미주가효가 차려져 있고 탁자 양쪽에 사람들이 마주 보고 앉아 있는 모습이다.

태무랑 맞은편에는 소천군과 가빈, 무령왕과 비한, 그리고 그 옆쪽에 맹오와 군통이 앉아 있었다.

그런데 수월화의 시선이 이번에는 맹오와 군통에게 향하며 고마운 표정을 지었다.

"이번에 두 분께서 정말 애를 많이 쓰셨어요. 진심으로 감사드립니다."

순간 맹오와 군통은 통기듯이 벌떡 일어나 당황해서 어쩔 줄 몰랐다.

"고, 공주 마마! 소인들은 단지 하찮은 종일 뿐입니다!"

"아이고, 맙소사! 애를 쓰다니요? 그런 말씀 마십시오!"

그때 태무랑이 수월화의 어깨에 팔을 두르며 말했다.

"령아, 저 두 사람이 아니었으면 나는 이미 오래전에 죽은 목숨이다. 그리고 저들이 나를 천산산맥까지 데려다 주었기에 지금의 내가 존재할 수 있는 거야. 저 두 사람은 나의 은인이자 친구들이다."

"아, 아이고, 주군!"

"차라리 죽여주십시오!"

맹오와 군통은 너무 감읍한 나머지 몸 둘 바를 모르고 그 자리에 엎드려 절을 올리며 외쳤다.

그런데 수월화는 그 자리에서 일어나 맹오와 군통을 향해 살포시 절을 올렸다.

"두 분의 크나큰 은혜는 죽을 때까지 잊지 않겠어요."

수월화의 절을 받은 맹오와 군통은 제정신이 아니었다. 두 사람은 엎드린 채 몸을 부들부들 떨면서 어떻게 해야 할 줄을 몰랐다.

"제발… 공주 마마, 그러지 마십시오."

그러면서 두 사람은 태무랑과 수월화를 위해서라면 목숨이 백 개라도 다 바치리라 마음속으로 다짐했다.

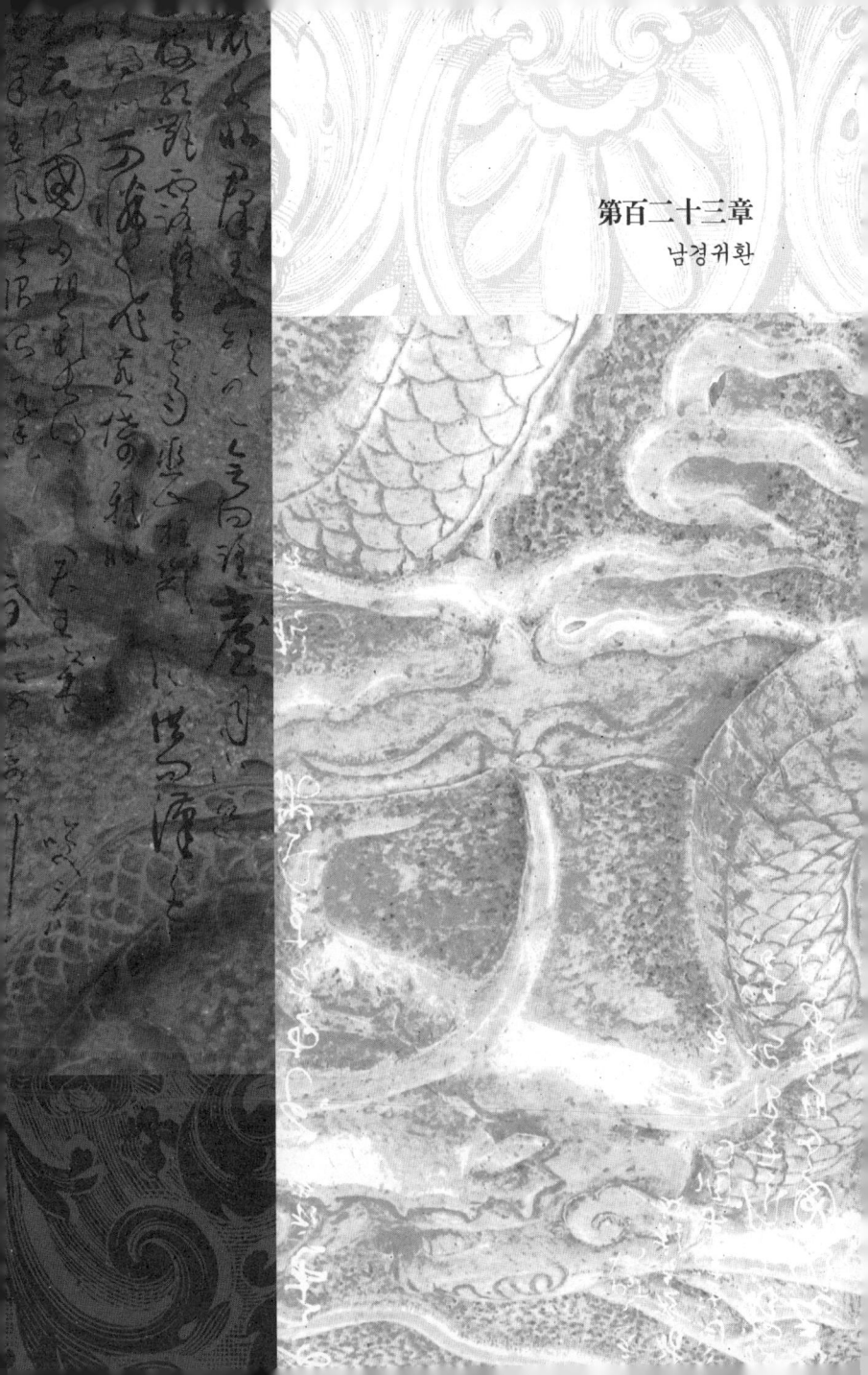

第百二十三章
남경귀환

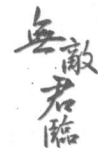

저녁에 시작된 연회는 자정이 가까워지도록 계속되고 있다.

태무랑을 비롯한 중인은 기분이 좋을 만큼 적당하게 취한 상태가 됐다.

좌중의 대화는 끊이지 않고 계속됐다. 태무랑과 맹오 등이 천산산맥에 갔던 일과 무령왕과 소천군 등이 자금성 지하 뇌옥에 감금됐던 일 등이 주로 화제에 올랐다

그러나 수월화가 목에 고리가 묶여 단유천에게 개처럼 끌려 다녔다는 얘기를 담담하게 하자 모두들 숙연해졌다.

여자들은 모두 눈물을 흘렸으며, 무령왕은 연신 주먹으로 눈물을 닦았다.

그리고 비한은 수월화를 제대로 보호하지 못했다는 자책감에 통한의 눈물을 흘렸다.

태무랑은 수월화를 품에 안고 등을 쓰다듬으며 위로했다. 그녀에겐 그것이 가장 큰 위안이 돼주었다.

모두들 화기애애한 분위기 속에서 술을 마시고 있지만 단 한 사람, 미료만은 태무랑 뒤에 우뚝 선 채 아직 한 모금의 술도 마시지 못한 상태였다.

그녀는 아까 수월화에게 자신이 태무랑의 종이며 그림자로서 무슨 일이 있어도 그를 지키겠다고 맹세 아닌 맹세를 했다.

그랬기에 감히 술자리에 끼지 못하고 다른 사람들이 맛있게 술 마시는 것만 구경하면서 입안에 고인 침만 삼키는 중이다.

분위기가 많이 고조됐다고 여긴 태무랑은 이쯤에서 중요한 얘기를 꺼내야겠다고 생각했다.

"아버님."

그는 정면에 마주 보고 앉은 무령왕을 공손히 불렀다.

"제게 계획이 있습니다."

"말해보게."

무령왕은 현재로선 더 이상의 소원이 없다. 태무랑과 수월화가 무사하고 자신을 비롯한 비한과 소천군 등이 자금성 지하 뇌옥에서 풀려났으니 더 이상 무슨 바람이 있겠는가. 이제 조용한 곳에서 평화롭게 사는 것만이 유일한 바람이다.

　태무랑은 진지한 표정을 지었다.

　"아버님께서 자금성의 주인이 되셔야겠습니다."

　"내가… 말인가?"

　전혀 예상하지 않았던 말에 무령왕은 물론 모두들 크게 놀라는 표정을 지었다.

　무령왕은 잠시 후에 태무랑의 말뜻을 이해하고 진중한 표정을 지었다.

　그의 말인즉 무령왕을 비롯한 측근들은 비록 위험한 지경에서 벗어났으나 아직 백성들이 도탄에 빠져 있으므로 그들을 구해야 하지 않겠느냐는 뜻이다.

　태무랑의 말은 자기 안위에 빠져서 안도하고 있던 무령왕을 깨우쳐 주었다.

　하지만 무령왕을 탓할 일이 아니다. 그토록 극심한 고생을 하고 또 무남독녀인 수월화를 천신만고 끝에 되찾았으니 인간이라면 충분히 그러고도 남음이 있다.

　하지만 무령왕은 태무랑의 말에 자신의 우매함을 깨닫고 묵직하게 고개를 끄덕였다.

"자네가 하라는 대로 하겠네."

그것은 무령왕이 태무랑을 무조건 신뢰한다는 뜻이다. 예전 남경의 무령왕가 시절에도 태무랑 말이라면 전폭적으로 믿었는데 지금이야 그가 목숨을 내놓으라고 해도 선뜻 그럴 수 있는 무령왕이다.

옥령은 넓은 방 커다란 침상에 혼자 덩그렇게 앉아 있다.

술자리가 끝나고 모두 뿔뿔이 흩어졌으며 태무랑은 수월화와 함께 가고 옥령은 따로 이 방에 오게 되었다.

그녀는 술을 많이 마셨으나 너무 긴장하고 있어서인지 조금도 취하지 않았다.

자금성에서 강시가 되기 직전에 태무랑에게 구해진 이후 그녀는 매일 그와 같은 침상에서 잤다.

인간이란 참으로 얄팍해서 그 며칠 동안의 행복도 습관이라고 몸에 배어 이제 태무랑이 옆에 없으니까 허전해서 눈물이 날 것만 같았다.

하지만 옥령은 누구도 원망하지 않았다. 또한 정실부인이나 다름없는 수월화가 돌아왔으므로 그녀가 태무랑을 차지하는 것이 옳다고 생각했다. 거기에 대해서도 무조건 수긍하고 있다.

그리고 앞으로는 이런 식의 삶이 지속될 것이라고 내심 각

오하고 있다.

자신은 첩이나 다름없으므로 태무랑이 친히 자러 올 때만 그와 잘 수가 있을 것이다.

그렇더라도 그녀는 사랑하는 태무랑 곁에 머물 수 있기 때문에 행복하다고 생각했다.

하지만 생각하는 것과는 달리 자꾸만 눈물이 났다. 그래서 그녀는 지나친 욕심을 부리는 자신을 꾸짖었다.

'바보같이 울긴 왜 울어? 그분 곁에 머물 수 있는 것이 얼마나 큰 행복인데……'

척—

그때 갑자기 문이 열리고 누군가 들어서는 바람에 옥령은 급히 눈물을 닦고 일어섰다.

그러다가 들어선 사람이 누군지 발견하고는 깜짝 놀라 급히 다가갔다.

"공주님……."

들어선 사람은 수월화였다. 그녀는 옥령이 무슨 말을 하기도 전에 손을 잡고 밖으로 이끌었다.

옥령은 깜짝 놀랐으나 손을 뿌리치지 못했다. 그리고는 수월화가 자신을 어디로 데려가는 것인지 궁금했으나 짚이는 곳이 없었다.

수월화는 옥령의 손을 잡고 복도를 나란히 걸어가며 다정

한 목소리로 물었다.

"옥 소저, 왜 혼자 있었죠?"

"저는……."

옥령은 뭐라고 대답해야 할지 할 말을 찾지 못했다.

그녀는 수월화가 잡은 손에 힘을 꼭 주는 것을 느꼈다.

"이제부터 우리 두 사람은 함께 있어야 해요. 무슨 일을 하든, 어디에 있더라도 말이에요."

옥령이 놀란 얼굴로 쳐다보자 수월화는 방그레 미소 지었다.

"그러니까 잘 때도 함께 자야죠."

"언니……."

어째서 그런 호칭이 옥령의 입에서 불쑥 나왔는지 모를 일이다.

하지만 그것이 그녀의 진심이다. 수월화의 넓은 아량에 자신도 모르게 진심이 튀어나온 것이다.

수월화는 걸음을 멈추고 옥령을 향해 돌아서며 놀란 표정을 지었다.

"우린 동갑이에요."

"언니……."

옥령은 그 말만 되풀이했다. 지금으로선 그 말밖에는 아무것도 생각나지 않았다.

수월화는 정말 언니 같은 여자다. 배울 점이 너무나 많았다. 옥령은 자신에 비해서 수월화가 모든 면에서 완벽하다는 사실을 기꺼이 인정했다.

그래서 수월화를 언니가 아니라 스승으로 모셔도 분에 넘칠 것이라고 생각했다.

수월화가 옥령의 손을 잡고 끌 듯이 방으로 들어가자 침상에 누워 있던 태무랑은 깜짝 놀라는 표정을 지었다.

"어? 너희들……."

수월화는 옥령과 함께 침상으로 다가가서 살포시 미소 지으며 물었다.

"무랑가는 셋이서 함께 자는 게 싫으세요?"

태무랑은 헤벌쭉한 표정을 지었다.

"싫기는……."

불감청고소원(不敢請固所願)이라는 표정이 그의 얼굴에 떠올랐다.

세 사람이 함께 잔다는 상상 때문에 옥령은 목덜미까지 붉어질 정도로 부끄러워서 고개를 숙인 채 태무랑을 살짝 쳐다보았다.

태무랑은 이불을 젖히고 알몸으로 누워서 넉살좋게 두 팔을 벌렸다.

"자, 어서 와라, 령아."

수월화는 곱게 그를 흘겼다.

"어떤 령아를 말씀하시는 건가요?"

그러고 보니까 수월화의 이름이 주령이라서 옥령과 이름이 같았다.

"주령, 옥령, 두 령아 다 와라. 오늘 밤 흐벅지게 놀아보자."

순간 옥령은 그의 음경이 한껏 발기한 채 꺼떡거리는 것을 보고는 놀라서 얼른 외면했다.

"에그머니."

그렇지만 가슴이 마구 두근거리고 몸에 열이 화끈거렸다.

사르락.

무슨 소리에 쳐다보니 수월화가 옷을 벗고 있었다. 그녀는 옥령을 보며 방그레 웃었다.

"어서 벗고 올라와요. 오늘 우리 둘이서 무랑가를 혼내줘야겠어요."

"어이쿠! 난 이제 죽었다."

태무랑은 좋아 죽을 것 같은 표정으로 짐짓 엄살을 부렸다.

*　　　　*　　　　*

다음날 태무랑 일행은 제남을 출발하여 남쪽으로 향했다.

남경으로 가려는 것이다.

무령왕이나 소천군의 모든 기반은 남경과 항주에 있기 때문에 그곳에 가서 무너진 기반을 다시 일으켜 세우는 것을 첫번째 해야 할 일로 정했다.

제남에서 남경을 거쳐 항주까지는 넓고 곧은 운하가 수천리나 길게 뻗어 있기 때문에 일행은 배를 한 척 사서 여행하기로 했다.

남경 무령왕가와 항주 절정문은 무극신련과 군사들에 의해서 멸문을 당했었다.

하지만 오랜 세월 동안 기반을 쌓아온 두 세력이 그리 쉽사리 붕괴하진 않는다.

그것은 마치 튼튼한 반석 위에 지은 집과 같다. 무령왕가와 절정문은 단지 집만 무너진 것이다. 그러므로 그 아래 반석은 여전히 멀쩡하게 존재하고 있다. 무극신련은 그 반석을 파괴하지는 못했다.

태무랑 일행이 타고 있는 아담한 크기의 배는 넓고 곧게 뻗은 운하를 따라서 일로 남경을 향해 유유히 항해했다.

그리고 배는 제남을 출발한 지 이십여 일 만에 꿈에도 그리던 남경 하관포구에 도착했다.

*　　　*　　　*

태무랑 일행은 남경에서 일단 헤어졌다.

무령왕과 비한은 무령왕가의 기반을 부활시키기 위해서 갔고, 소천군과 가빈은 절정문을 다시 일으켜 세우기 위해 항주로 향했다.

태무랑은 수월화와 옥령, 미료, 한천궁주, 맹오, 군통과 함께 하관포구 근처에 있는 거리로 향했다.

잠시 후에 태무랑 일행은 어느 주루 앞에 멈추었다.

태무랑은 주루의 현판을 쳐다보았다.

낭랑루(郎郎樓).

태무랑을 죽도록 사랑했던 어떤 여자가 그를 부를 때 호칭이 '낭랑'이었다. 이 주루는 그 호칭을 딴 것이다.

현판을 응시하는 태무랑의 얼굴에 문득 진한 그리움이 떠올랐다. 자신을 '낭랑'이라고 불러주었던 여자 벽교상에 대한 그리움이다.

그렇다. 그는 벽교상을 만나러 이곳 낭랑루에 왔다.

벽교상이 살아 있으며 남경 하관포구에서 주루를 하고 있다는 사실은 옥령이 알려주었다.

옥령은 이 년여 전에 단유천에게 납치되기 전까지 하관포구에서 우경도, 형구, 천자필사 미봉 등과 같은 배에서 기거하며 고구려 사람들이 운영하는 금오상단의 장사 일을 도와주고 있었다.

그때 벽교상과 두 여자가 하관포구 거리에 낭랑루를 개업했다는 사실을 알게 됐다. 그래서 자주 낭랑루에 드나들면서 그녀들과 친하게 지냈다.

낭랑루 앞에 서 있는 태무랑 일행 옆을 세 명의 사내가 지나쳐 주루 입구로 향하며 대화를 했다.

"빈자리가 있으려나?"

"삼불루에 빈자리 있는 거 봤나? 아무 자리나 궁둥이 붙이고 앉아야지, 뭐."

"그렇게 해서라도 삼불루 요리와 술을 먹을 수 있다면 그야말로 운이 좋은 것 아니겠나?"

태무랑은 그들이 말하는 '삼불루'가 무슨 뜻인지 짐작할 수 있었다.

옥령의 말에 의하면 낭랑루를 운영하는 벽교상과 봉화일선, 청미가 모두 불구의 몸이 됐다고 한다.

그래서 단골손님들이 낭랑루라는 원래 이름을 놔두고 세 명의 불구가 운영하는 주루라는 뜻의 '삼불루'로 불리게 됐다는 것이다.

차륵—

미료가 열어주는 문으로 태무랑과 수월화, 옥령 등은 주루 안으로 들어갔다.

　그런데 안으로 들어선 태무랑 등은 적잖이 놀랐다. 입구에서부터 사람들이 발 디딜 틈조차 없이 가득 들어차 있었던 것이다.

　주루는 좁고 탁자는 몇 개 되지 않는데 빈자리가 없어서 자리가 나기를 기다리는 사람들이었다.

　태무랑은 사람들 사이를 비집고 천천히 안으로 들어갔다.

　사람들이 새치기하지 말라고 악다구니를 지르고 성화를 부렸으나 그는 개의치 않고 나아가 이윽고 가장 앞쪽으로 나왔다.

　그는 빠르게 실내를 둘러보았다. 몇 개밖에 안 되는 자리에 바글바글 앉아서 요리와 술을 마시는 사람들 모습이 마치 밥에 물을 말아놓은 것 같았다.

　그의 시선이 낯익은 두 사람에게 꽂혔다. 둘 다 여자인데 한 사람은 걸음걸이가 조금 불편한 삼십 대이고, 다른 한 사람은 젊고 예쁜데 오른팔이 없었다.

　하지만 손님들에게 요리와 술을 나르고 또 탁자를 정리하는 두 여자의 동작은 몹시 날래고 능숙했다.

　태무랑은 걸음걸이가 불편한 여자가 의족을 한 봉화일선이고, 외팔이여자가 경뢰궁주의 제자였던 청미라는 사실을 한눈에 알아보았다.

그렇다면 벽교상은 주방 안에 있는 것이 분명하다고 생각한 그는 걸음을 옮겨 주방으로 향했다.

봉화일선과 청미는 너무 바빠서 태무랑이 주방으로 들어가는 것을 발견하지 못했다.

주방 안에는 온갖 요리 냄새와 매캐한 연기가 가득했다. 그리고 요리를 끓이고 볶는 소리, 설거지를 하면서 내는 그릇 소리로 시끄러웠다.

태무랑은 한쪽 구석에 쪼그리고 앉아서 설거지를 하고 있는 한 여자의 뒷모습을 쳐다보았다.

허름한 옷을 입고 행주치마를 두른 가냘픈 몸매의 뒷모습이 매우 눈에 익었다.

과거에는 나는 새도 떨어뜨린다는 명성과 세력을 한 몸에 지니고 있었던 철화빙선 벽교상 바로 그녀다.

그녀가 다 찌그러져 가는 주루의 주방에 쪼그리고 앉아서 설거지를 하고 있는 것이다. 뒷모습으로는 영락없는 부엌때기 그대로였다.

달그락, 달각.

설거지를 하던 벽교상은 얼른 일어나서 물에 젖은 두 손을 행주치마에 닦으면서 불 위에 얹은 채 볶고 있는 요리를 뒤적였다.

그리고는 그 옆에서 끓고 있는 솥에 무언가 야채를 집어넣는 등 일인 삼역을 하느라 바빠서 태무랑이 들어왔다는 사실도 모르고 있었다.

태무랑은 천천히 그녀에게 다가갔다. 그녀는 국자로 솥의 국물을 떠서 맛을 보고 있었다.

슥—

태무랑은 그녀 뒤에 서서 그녀의 버들가지처럼 가느다란 허리를 살며시 안았다.

"……."

순간 벽교상의 몸이 딱딱하게 경직됐다. 그녀는 국자의 국물을 마시려다가 허리를 꼿꼿하게 편 채 흉측한 얼굴이 더욱 일그러졌다.

그녀는 누군가의 손이 자신의 허리를 부드럽게 안고 또한 듬직한 몸이 자신의 등과 둔부에 닿는 순간 번갯불에 맞은 듯한 거센 충격에 휩싸였다.

너무나 익숙한 안김, 그리고 손길이다. 그녀는 자신을 안은 사람이 태무랑이라는 사실을 직감했다.

그러나 문제는 이것이 현실에서는 절대로 일어날 수 없다는 사실이다.

그녀가 아는 바로는 태무랑은 죽었다. 그에 대한 무성한 소문이 그렇고, 그가 이 년이 훨씬 넘도록 나타나지 않았다는 사실이 그 사실을 뒷받침하고 있다.

그렇다면 지금 그녀가 느끼고 있는 것은 상상이다. 지금껏 수없이 경험했던 상상 말이다.

태무랑을 너무도 그리워한 나머지 그녀는 시도 때도 없이 이런 상상에 휩싸이곤 했다. 너무도 생생해서 현실처럼 느껴지는 상상이었다.

그래서 그녀는 자신이 지금도 그런 상상에 빠져 있다고 생각했다. 죽을 때까지 깨어나고 싶지 않은 태무랑에 대한 상상 말이다.

"아, 상상이라도 좋아. 그를 느낄 수만 있다면……."

벽교상은 신음처럼 중얼거리며 눈을 감았다.

"상아."

그런데 그때 갑자기 귓가에서 나직한 목소리가 들리자 그녀는 화드득 놀라며 눈을 번쩍 떴다. 너무나 귀에 익은 태무랑의 목소리다.

슥―

그리고는 뒤에 서 있는 사람에 의해서 그녀의 몸이 천천히 돌려졌다. 자신이 상상 속에 빠져 있다고 믿고 있던 그녀는 눈앞에 서 있는 태무랑을 발견하고는 하나뿐인 눈이 동그랗게 커졌다.

마치 방금 하늘에서 강림한 천신 같은 서광을 풍기고 있는 사람이지만 눈에 흙이 들어가도 그가 누군지 알아볼 수 있는 벽교상이다.

"낭랑……."

부르트고 비뚤어진 그녀의 입에서 흐느끼는 듯한 중얼거림이 새어 나왔다.

"그래, 나다."

태무랑은 두 손을 뻗어 흉측한 모습의 벽교상의 두 뺨을 부드럽게 감쌌다.

"고생이 많았구나."

"아아… 꿈이라고 하기에는 이것은……."

스스으으.

그때 놀라운 일이 벌어졌다. 그녀의 참혹하게 일그러진 얼굴이 변하기 시작했다.

그녀의 두 뺨을 만지고 있는 태무랑의 손을 통해서 천원신기가 주입되고 있기 때문이다.

그녀의 얼굴에서 흉터가 빠르게 사라지면서 원래의 모습을 되찾아갔다.

그뿐 아니라 실명했던 눈이 떠지면서 방금 전보다 태무랑의 모습이 더욱 또렷하게 보였다.

그녀는 자신의 얼굴에서 이상한 변화가 일어나는 것을 느꼈으나 그것이 무엇인지 알지 못했다. 그런데 멀었던 눈이 떠지자 변화를 실감했다. 그녀는 떨리는 두 손을 들어 자신의 얼굴을 만져보았다.

"아아… 내 얼굴이……."

매일 세수를 할 때마다 손에 만져졌던 까칠한 흉터가 사라지고 손끝에 매끄러운 살결이 느껴졌다.

그뿐이 아니다. 단전에서 힘이 느껴졌다. 그녀는 무공을 잃었는데 단전에 공력이 넘치도록 충만했다. 무공이 회복된 것이다.

천원신기는 그녀의 흉측한 모습을 고쳐주었을 뿐만 아니라 무공까지 회복시켜 주었다.

태무랑이 단지 두 손으로 그녀의 뺨을 쓰다듬은 것만으로 그녀는 잠깐 사이에 잃었던 모든 것을 되찾았다.

슥―

태무랑은 벽교상의 허리를 부드럽게 안고는 그녀의 둔부를 더듬다가 계곡 사이로 손가락 하나를 집어넣었다.

그 바람에 벽교상은 정신이 번쩍 들었다. 이런 짓궂은 장난을 할 사람은 태무랑밖에 없기 때문이다. 눈앞에 서 있는 사람은 태무랑이 분명했다.

"낭랑… 아아… 낭랑이 틀림없군요."

태무랑은 빙그레 미소 지었다.

"그곳을 만져야지만 나를 알아본다는 것은 네가 평소에 날 어떻게 생각하고 있었다는 거지?"

와락!

"아아… 낭랑… 낭랑……."

벽교상은 두 팔로 태무랑의 목을 끌어안고 매달리면서 뺨을 비비며 기쁨의 눈물을 흘렸다.

그녀는 꿈과 현실의 경계를 오가며 이것이 현실이기만을 간절히 빌었다.

태무랑은 그녀의 둔부를 받쳐 안고 품에 깊이 안았다.

"돌아오실 줄 알았어요. 살아 계실 줄 알았어요. 아아… 낭랑… 내 사랑……."

벽교상은 어쩔 줄 모르고 몸부림치다가 그의 입술을 덮치고는 결사적으로 혀를 빨았다.

자신을 안고 있는 사람이 태무랑이 분명하다는 사실을 어떻게 해서든지 확인하려는 듯 그녀는 미친 듯이 혀를 빨아댔다. 너무 행복해서 온몸이 녹아버릴 것만 같았다. 그리고 잡초처럼 끈질기게 살아 있기를 잘했다고 수없이 생각했다.

벽교상이 품에서 떨어지지 않으려고 해서 태무랑은 그녀를 마주 본 자세로 안은 채 주방 밖으로 나갔다.

그녀는 두 발로 그의 허리를, 그리고 두 팔로 목을 꼭 끌어안은 채 어깨에 뺨을 대고는 더없이 행복한 표정으로 눈을 감고 있었다.

주방 밖 실내는 여전히 사람들로 붐볐다. 차례를 기다리고 있던 사람들은 갑자기 한 명의 준수한 청년이 허름한 옷차림의 여자를 아기처럼 안고 주방에서 나오는 것을 이상하다는 듯 쳐다보았다.

그때 쟁반에 빈 그릇을 잔뜩 담은 채 주방 쪽으로 걸어오던 봉화일선이 무심코 태무랑을 쳐다보았다. 그녀는 태무랑에게 안겨 있는 여자의 뒷모습만 보고서도 벽교상이라는 사실을 한눈에 알아보았다.

봉화일선은 그 자리에 우뚝 멈췄다. 태무랑의 얼굴에 시선이 고정됐으나 일순간 그가 누군지 알아보지 못했다. 그리고 왜 이런 상황이 벌어지고 있는 것인지 이해하지 못했다.

그녀는 과거에 벽교상을 수행하면서 여러 차례 태무랑을 가까이에서 본 적이 있으나 그의 모습이 많이 변해서 알아보지 못했다.

어디선가 본 것 같기도 한 용모인데, 그 모습에서 서광이 일렁이고 있어서 도무지 긴가민가했다.

하지만 그녀는 벽교상이 마치 아기처럼 안길 만한 남자가 천하에 단 한 사람뿐이라는 사실을 머리에 떠올렸다.

그렇게 생각하고 보니까 벽교상을 안고 있는 사람이 태무랑으로 보였다.

그렇게 생각해야지만 벽교상이 그에게 안겨 있는 사실을 이해할 수 있다.

"아아⋯⋯."

와장창!

봉화일선은 부르르 몸을 떨면서 들고 있던 빈 그릇을 바닥에 떨어뜨려 산산조각 났다.

그녀의 얼굴은 온통 경악과 기쁨으로 물들었고, 흘러내린 눈물범벅이었다.

그녀는 태무랑이 벽교상을 찾아올 것이라고는 단 일 푼도 믿지 않았다.

태무랑이 이 년여 전에 현도왕가에서 죽었다고 생각하기 때문이다.

하지만 태무랑이 돌아올 것이라고 굳게 믿고 있는 벽교상 앞에서는 그의 죽음에 대해서, 그리고 그가 돌아올 가능성이 전무하다는 사실을 한 번도 입 밖에 낸 적이 없다. 그녀의 믿음은 그녀의 생명을 이어가는 희망이었다.

그래서 믿음을 잃는 순간 그녀는 삶에 대한 의욕도 잃을 것이기 때문이다.

그런데 그 일 푼어치도 안 된다고 생각했던 믿음이 봉화일선의 눈앞에서 이루어졌다.

그야말로 이것은 기적이다. 아니, 그 이상이다. 뭐라고 표현할 길이 없다.

쟁반과 빈 그릇이 떨어져서 박살 나는 소리에 놀란 청미가 봉화일선에게 다가왔다가 태무랑과 벽교상의 뒷모습을 발견하고는 어리둥절한 표정을 지었다.

"무… 슨 일이에요?"

그녀는 봉화일선 같은 경륜과 깊은 생각이 없기 때문에 눈앞의 상황을 이해하지 못했다.

그때 봉화일선이 흐르는 눈물을 닦을 생각도 하지 못한 채 손님들을 향해 돌아서서 큰 소리로 외치기 시작했다.

"오늘 영업 끝! 모두 나가요!"

낭랑루에는 규칙이 그리 많지 않지만 반드시 지켜야 한다. 저항할 경우에는 두 번 다시 낭랑루에 발을 들여놓지 못하고, 억지로 들어오려고 할 때에는 외다리여인에게 따끔한 맛을 보게 된다.

손님들은 영문을 몰라 어리둥절하고 또 투덜거리면서도 잠시 후에 모조리 주루에서 나갔다. 나가지 않은 사람은 태무랑 일행뿐이다.

청미는 경황 중에 문득 옥령과 수월화 등을 알아보고는 기절할 만큼 경악했다.

그녀는 다시 태무랑과 벽교상을 쳐다보았다. 그리고는 비틀거리면서 다가와 중얼거렸다.

"설마… 설마……."

태무랑은 빙그레 미소 지었다.

"오랜만이구나, 청미야. 더 예뻐졌구나."

"오오… 맙소사……."

청미는 다리에 힘이 풀려서 비틀거리다가 그 자리에 털썩 주저앉았다.

그녀는 태무랑을 우러러보면서 옆에 서 있는 봉화일선의 옷자락을 잡아당겼다.

"아아… 지금… 제가 꿈을 꾸고 있는 건가요?"

봉화일선은 태무랑에게서 시선을 떼지 않은 채 폭포수처럼 눈물을 흘렸다.

"그게 꿈이라면 우린 같은 꿈을 꾸고 있는 거야."

태무랑은 벽교상을 떼어 바닥에 내려놓으려고 했다. 그러나 그녀는 바동거리면서 떨어지지 않으려고 기를 쓰며 그에게 매달렸다.

"상아, 령아가 흉본다."

그 말에 벽교상은 부스스 입구 쪽을 쳐다보다가 그곳에 서 있는 수월화를 발견하고는 눈을 동그랗게 뜨며 짧은 비명을 터뜨렸다.

"령 언니!"

순간 그녀는 태무랑 품에서 벗어나 참새처럼 날아가 수월화를 힘껏 부둥켜안았다.

와락!

"령 언니! 살아 있었군요!"

"상 매!"

수월화와 벽교상은 서로를 힘껏 안으면서 기쁨의 눈물을 흘렸다.

벽교상은 수월화 옆에 서서 미소 지으며 눈물을 흘리고 있는 옥령을 뒤늦게 발견하고는 깜짝 놀라 이번에는 그녀를 와락 끌어안았다.

"옥령!"

벽교상은 울면서 옥령의 등을 쓰다듬었다.

"단유천에게 끌려갔다고 들었는데 살아 있었구나. 다행이야, 정말 다행이야."

봉화일선과 청미는 벽교상이 태무랑 품에서 떨어져 수월화에게 달려갈 때 그녀가 예전의 용모를 되찾았다는 것을 얼핏 보고는 소스라치게 놀랐다.

두 여자는 벽교상이 양손으로 수월화와 옥령의 손을 잡고 의기양양한 걸음걸이로 태무랑에게 돌아오는 모습을 보면서 자신들의 눈이 틀리지 않았다는 사실을 깨달았다.

벽교상은 봉화일선과 청미를 스쳐 지나며 눈 아래로 그녀들을 보며 차갑게 냉소했다.

"일선, 미야, 너희들은 감히 낭랑을 뵙고도 예를 취하지 않을 테냐?"

"앗!"

화들짝 놀란 봉화일선과 청미는 그 자리에 엎어지며 태무랑에게 부복했다.

"태 상공을 뵈옵니다."

벽교상은 태무랑 왼쪽에 서서 두 팔로 그의 팔을 잡아 가슴에 꼭 안은 채 그의 어깨에 뺨을 비비는 등 기쁨을 감추지 못했다. 그러면서 계속 눈물을 흘렸다.

그리고 태무랑 오른쪽에는 수월화가, 그 옆에는 옥령이 다소곳이 서서 그녀들 역시 기쁨의 눈물을 흘렸다.

맹오와 군통은 태무랑이 천하에 짝을 찾아보기 힘들 정도의 절세미녀 세 명과 나란히 서 있는 것을 보면서 놀라움과 감탄을 금치 못했다.

특히 그들은 벽교상의 눈부신 미모에 혀를 내둘렀다. 그녀는 주방에서 일하던 허름한 옷과 행주치마를 두르고 있으나 그것이 절세적인 미모를 감추지는 못했다.

"도… 대체 저 기막힌 미녀는 누구랍니까?"

군통은 벽교상에게서 시선을 떼지 못한 채 신음하듯이 중얼거렸다.

맹오로서도 알 리가 없다. 다만 벽교상이 대단한 신분일 것이라고 짐작할 뿐이다. 왜냐하면 태무랑의 여자들은 하나같이 특별하니까 말이다.

그때 맹오 옆에 서 있던 한천궁주가 눈물을 흘리면서 조용한 목소리로 말했다.

"저분은 철화빙선이에요."

"처, 철화빙선……."

"설마… 철화천궁의 그 철화빙선……?"

맹오와 군통은 혼백이 달아날 정도로 기겁했다. 예전의 그들이었다면 철화빙선 앞에 서 있을 자격조차 없다. 그런데 그 철화빙선이 태무랑의 여자였다니 경악할 일이다. 아니, 그로 인해서 태무랑이 위대하게 보였다.

한천궁주는 천천히 앞으로 걸어가서 부복하고 있는 봉화일선 뒤쪽에서 벽교상에게 공손히 절을 올렸다.

"속하 한천이 태 궁주를 뵈옵니다."

그녀의 목소리가 감격으로 가늘게 떨렸다.

벽교상은 깜짝 놀라서 급히 한천궁주에게 다가가 그녀의 얼굴을 들게 했다.

그리고는 그녀의 얼굴을 확인하고는 크게 반가운 표정으로 눈물을 흘렸다.

"아아, 정말 한천이로구나. 네가 경뢰 언니의 동생인 한천이구나."

태무랑이 빙그레 미소 지으며 말했다.

"그래서 누나로 삼았다."

"그렇다면 제겐 언니예요. 한천 언니……."

벽교상은 한천궁주를 가슴에 꼭 안고 등을 쓰다듬었다.

"경뢰 언니 살아생전에 못다 한 마음을 한천 언니에게 다 해줄 거야."

한천궁주는 벽교상 품에 안겨서 하염없이 울고 또 울었다.

第百二十四章

낭랑루에 부는 훈풍

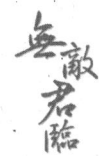

낭랑루는 정오가 조금 지난 시각에 영업을 중지했다. 하지만 안에서는 사람들의 말소리와 웃음소리가 끊이지 않고 흘러나오고 있었다.

주루 안에 있는 모든 탁자를 한복판에 붙이고 그 주위에 모두들 빙 둘러앉았다.

태무랑 오른쪽에는 부동의 안주인인 수월화가 앉았으며 그 옆에는 우령이, 그리고 태무랑 위쪽에는 당연하다는 듯 벽교상이 앉았다.

누가 정해준 것이 아니지만 벽교상은 자신이 태무랑의 두 번째 여자로 자처하고 옥령은 그것을 인정하는 분위기였다.

그리고 앞쪽에는 봉화일선과 한천궁주, 미료, 맹오, 군통이 태무랑 쪽으로 마주 보고 앉았다.

수월화는 조금 놀라고 있었다. 태무랑과 벽교상이 가까운 사이라는 것은 알고 있었는데 깊은 관계일 줄은 몰랐기 때문이다.

지금 벽교상이 태무랑에게 하는 행동을 보면 두 사람의 관계가 심상치 않다는 것은 명약관화해 보였다.

수월화는 태무랑 왼쪽에 아교처럼 찰싹 붙어서 앉아 있는 벽교상을 살며시 바라보았다.

벽교상은 수월화의 시선 따윈 아랑곳하지 않은 채 태무랑에게 매달리다시피 꼭 안겨서 가슴과 얼굴을 비비며 좋아서 어쩔 줄을 모르고 있었다.

수월화가 보기에 벽교상은 너무도 천진난만했다. 그리고 부러울 정도로 아름다웠다.

하지만 수월화는 태무랑이 자신을 얼마나 사랑하고 있는지 알기 때문에 질투심은 생기지 않았다.

단지 그가 앞으로 얼마나 많은 여자들을 거느리게 될지 은근히 걱정이 됐다.

그것은 여자로서 당연한 걱정거리다. 그렇지 않다면 수월화는 여자도 아니고 또한 태무랑을 사랑하지도 않은 것일 게

다. 사랑하기 때문에 걱정하는 것은 당연한 일이다.

그녀는 이번에는 옆에 앉은 태무랑을 바라보았다. 그런데 마침 그도 그녀를 보고 있었다.

태무랑은 벽교상 때문에 수월화에게 미안한 마음이 들어서 쳐다보는데 하필 눈이 딱 마주쳤다.

그는 도둑이 제 발 저린다고, 수월화에게 미안한 표정을 지으며 스스로 먼저 맹세를 했다.

'령아, 상아가 끝이야. 앞으로 여자는 더 없을 거야. 맹세해도 좋아.'

수월화는 태무랑이 제 스스로 반성하고 맹세하는 것이 마음에 들었고, 또 우스웠다.

벽교상의 일은 이미 일어난 일이므로 지금으로선 인정할 수밖에 없다.

하지만 수월화는 짐짓 뾰로통한 얼굴로 대답하지 않고 가만히 앉아 있기만 했다.

슥—

애가 탄 태무랑은 그녀의 허벅지로 슬며시 손을 뻗어 가만히 쓰다듬었다. 탁자에 가렸기 때문에 맞은편에서는 그것이 보이지 않았다.

태무랑의 손이 허벅지 안쪽으로 좀 더 깊숙이 미끄러져 들어갔다. 그는 이 어색한 상황을 어떻게든 풀어보려고 시도하는 중이다.

'어떻게 해야 내 말을 믿겠어?'

그러면서 손가락 끝으로 어딘가를 슬쩍 찔렀다.

수월화는 그가 더 이상 손장난을 하지 못하도록, 그리고 벽
교상과 옥령이 보지 못하도록 가만히 자신의 두 손을 모아 그
의 손을 덮었다.

[제가 무엇을 원하는지 아시죠?]

수월화의 전음에 태무량은 반색했다. 그는 즉시 더 활발하
게 손가락을 움직였다.

'물론이지, 령아.'

수월화는 몸을 움찔 떨며 급히 그의 손을 붙잡았다.

"그게 아니잖아요!"

그녀가 깜짝 놀라서 갑자기 소리치는 바람에 모두들 어리
둥절한 얼굴로 그녀를 주시했다.

당황한 태무량은 화제를 바꾸려고 빈 탁자를 쳐다보며 두
루뭉술하게 눙쳤다.

"그런데 이 주루는 요리와 술을 팔지 않는 모양이지?"

그가 딴청을 부리자 수월화는 곱게 그를 흘겼다. 하지만 자
신의 은밀한 곳을 찌르고 있는 그의 손을 치우지는 않았다.
그녀는 그가 무엇을 하든 거부한 적이 없다.

낭랑루가 하관포구 최고의 주루로 입소문이 난 이유는 벽

교상의 탁월한 요리솜씨 덕분이었다.

이곳에서 요리를 할 사람이 자신밖에 없다는 사실을 깨달은 벽교상은 아쉬운 듯 태무랑에게서 떨어져서 일어서야만 했다.

하지만 태무랑을 위해서 맛있는 요리를 만들어야겠다는 생각을 하자 한껏 고무되었다.

"잠시만 기다려요, 낭랑."

그녀는 사람들이 보든 말든 태무랑 뺨에 입을 맞추고는 총총히 주방으로 들어갔다.

주루 안에 불이 켜지고 실내가 밝아졌다.

그리고 그것이 신호인 듯 주루의 문이 열리고 한 무리의 사람들이 쏟아져 들어왔다.

우르르—

그들은 우경도와 형구, 천자필사 미봉, 청미 등이었으며 한꺼번에 주루 안으로 달려들어 오다가 태무랑을 발견하고는 일제히 멈추었다.

아까 청미가 우경도 등에게 태무랑이 왔다는 소식을 알리려고 나갔다가 이제야 그들을 데리고 돌아온 것이다.

"태 형!"

"무랑아! 살아 있었구나!"

우경도와 형구는 자신들의 눈을 믿을 수 없다는 표정으로 소리치며 달려왔다.

태무랑은 천천히 일어나 환하게 미소 지었다.

"형구, 우 형, 잘 있었나?"

우경도와 형구는 동시에 달려들어 태무랑을 얼싸안으며 펑펑 울음을 터뜨렸다.

우경도의 아내로서 새 삶을 살고 있는 천자필사 미봉은 그 모습을 보며 기쁨의 눈물을 흘렸다.

그러다가 그녀는 자신을 바라보면서 눈물짓고 있는 옥령을 발견하고 크게 놀라 외치며 달려왔다.

"령아!"

"봉 언니!"

두 여자는 흐느끼면서 서로를 힘껏 부둥켜안았다.

이 년여 전에 옥령과 미봉은 금오상단을 따라다니면서 장사 일을 거드는 우경도, 형구와 배 '망랑'에서 함께 생활하면서 친자매 이상으로 친해졌었다.

미봉은 옥령이 단유천에게 납치됐을 때 너무도 안타까워서 죽을 지경이었다.

그때 옥령은 결사적으로 미봉을 도망치게 하는 대신에 자신이 납치됐던 것이다.

옥령은 미봉의 배를 만져보며 궁금한 듯 물었다.

"어떻게 됐어? 아기는 낳았어?"

그 당시에 미봉은 임신 오 개월이었으며 우경도의 아기였다.

미봉은 눈물을 흘리면서도 행복한 미소를 지었다.

"응. 아들이야. 우리가 장사 나가는 동안 금오상단에서 아기를 봐주고 있어."

"아, 잘됐어!"

그때 청미가 톡 끼어들었다.

"아기 이름이 뭔지 알아요?"

청미는 배시시 웃으며 태무랑을 쳐다보았다.

"무랑이에요, 우무랑."

아기 이름을 '무랑'으로 짓자고 제안한 사람은 미봉이었다. 그리고 우경도는 크게 기뻐하며 찬성했다.

잠시 후에 태무랑 일행은 하관포구에서 가장 큰 장원으로 자리를 옮겼다.

그곳은 하관포구에서 가장 큰 상단인 금오상단의 단주와 측근 식솔들이 살고 있는 금오장(金烏莊)이었다.

금오장은 때아닌 귀빈들을 맞이하여 성대한 연회가 벌어지고 있었다.

이 년여 전에 금오상단은 하관포구 십대상단 중 하나로 꼽

혔으나 지금은 하관포구에서 가장 거대한 상단으로 성장해 있었다.

연회 자리에는 태무랑 일행과 고구려 사람 모두가 둘러앉아서 먹고 마시며 한껏 즐거워하고 있었다.

특히 금오상단의 총단주인 연풍과 네 명의 단주인 울금, 발탄 등은 태무랑의 귀환에 너무나 기뻐서 연신 대소를 터뜨리며 술잔을 부딪쳤다.

그리고 누구보다 태무랑의 귀환을 기뻐하는 사람이 있었으니 다름 아닌 연풍의 딸 연지였다.

연지는 더 이상 예전의 열다섯 살짜리 귀엽고 예쁘장했던 어린 소녀가 아니다.

그녀는 올해 열여덟 살이 됐으며 실로 경국경성(傾國傾城)의 절세미녀로 성장해 있었다.

벽교상과 옥령은 키가 큰 편인데 연지는 그녀들보다 한 뼘 정도 더 컸다.

그뿐 아니라 군더더기 한 군데 없이 늘씬하면서도 풍만한 몸매를 지녔다.

오죽하면 맹오와 군통은 물론이고 여자인 수월화와 옥령마저도 넋을 잃고 연지에게서 시선을 떼지 못하겠는가.

더구나 태무랑은 처음에 연지를 알아보지 못했다. 그가 기억하고 있는 연지는 작고 귀여운 소녀이기 때문이다.

그녀의 용모나 몸에서는 예전 모습을 조금도 찾아볼 수가 없었다.

"태 형, 자네 이 아이가 누군지 모르겠나?"

태무랑은 물론이고 수월화와 옥령마저도 연지를 알아보지 못하자 이윽고 연풍이 자신의 옆에 다소곳이 앉아 있는 연지를 가리키며 태무랑에게 물었다.

태무랑은 자신의 맞은편에 앉은 연지를 보면서 의아한 표정을 지었다.

"누군가? 내가 아는 사람인가?"

연풍은 껄껄 웃었다.

"자네가 알아맞히면 특별한 상을 주고 알아맞히지 못하면 벌을 주겠네."

수월화와 벽교상, 옥령 등 뭇 사람에게 두루 술을 받아 마시면서 얼큰하게 취기가 오른 태무랑은 술잔을 들고 빙그레 웃으면서 연지를 뚫어지게 주시하다가 이윽고 알았다는 표정으로 말했다.

"연 형, 자네 새 부인인가?"

"에끼! 이 사람!"

"푸핫핫핫!"

"으핫핫핫! 연 형이 새 부인을 맞았으면 벌써 마누라에게 맞아 죽었을 걸세!"

울금과 발탄 등이 와아! 하고 대소를 터뜨렸다.

태무랑은 고개를 절레절레 가로저었다.

"모르겠네."

연풍은 웃으며 연지에게 말했다.

"태 형에게 술을 드려라."

사르륵.

연지는 술병을 들고 다소곳이 일어나 탁자를 빙 돌아 태무랑에게 걸어왔다.

그녀가 일어서자 모두들 해연히 놀란 표정으로 쳐다보았다. 앉아 있을 때보다 키가 훨씬 크고 늘씬하며, 긴 치마를 바닥에 끌면서 사뿐사뿐 걷는 모습이 천향국색에 다름 아니었기 때문이다.

연지가 다가오자 수월화가 약간 옆으로 물러나며 자리를 만들어주었다.

연지는 태무랑 오른쪽에 공손히 무릎을 꿇고 앉아서 두 손으로 술병을 내밀었다.

살며시 내리감은 속눈썹이 너무나 검고 길었으며 뾰족할 정도로 오똑한 콧날은 깨물어주고 싶을 정도로 예뻤다.

그녀는 무엇과도 비교할 수 없을 만큼 도톰하고 붉은 입술을 나풀거리며 태무랑의 잔에 술을 따랐다.

"태 숙, 지아의 잔을 받으세요."

"어……."

태무랑은 한 대 맞은 표정으로 상체를 뒤로 약간 물리면서 새삼스럽게 연지를 다시 쳐다보았다.

"네가… 연지라는 말이냐?"

"네, 태 숙."

"하아, 이것 참……."

태무랑은 놀라는 듯, 또는 감탄하는 듯 고개를 갸웃거리면서 연지의 얼굴에서 눈을 떼지 못했다.

그때 눈을 내리깔고 있던 연지가 사르르 눈을 치켜뜨면서 태무랑을 바라보자 그는 움찔 놀라는 표정을 지었다. 그녀의 눈이 너무도 아름답고 매혹적이었기 때문이다.

태무랑은 껄껄 웃으면서 연지의 궁둥이를 두드렸다.

"하하하! 인석아, 너무 커버려서 삼촌이 놀랐잖느냐?"

연지는 태무랑이 궁둥이를 두드리자 깜짝 놀라는 표정을 지으며 목덜미까지 붉어졌다.

예전 소녀였던 그녀는 태무랑이 좋다면서 졸졸 따라다니며 허물없이 업히기도 하고 무릎에 앉아서 재롱을 부리기도 했었다.

태무랑은 그녀가 연지라는 사실을 알고는 즉시 스스럼없이 예전처럼 그녀를 대했다.

그는 귀엽다는 듯 연지의 뺨을 잡아당기면서 웃었다.

"지아, 삼촌이 보고 싶었느냐?"

"네……."

연지는 수줍어서 얼굴이 빨개지며 어쩔 줄 모르는데 그녀가 누군지 알게 된 태무량의 눈에는 그저 귀염둥이 조카딸로 보일 뿐이다.

그것을 보고 수월화와 옥령, 벽교상은 적잖이 안도하는 표정을 지었다.

사실 그녀들은 연지가 너무 아름답고 늘씬해서 자못 경계하고 있었던 것이다.

하지만 태무량의 행동을 보니까 연지를 추호도 여자로서 여기지 않는 것 같아서 무거운 짐을 내려놓은 듯했다.

"허허허! 태 형! 어떤가?"

맞은편의 연풍은 태무량의 옆에 다소곳이 무릎을 꿇고 자리를 잡은 연지를 보면서 흡족하게 웃었다.

"뭐가 말인가?"

"우리 지아 시집갈 때가 된 것 같지 않은가?"

그 말에 수월화와 벽교상, 옥령의 표정이 흠칫 변하는 것을 태무량은 발견하지 못했다.

하지만 맞은편에 앉은 연풍 등은 그것을 똑똑히 보았다. 하지만 짐짓 모른 체했다.

태무량은 세 여자의 경계의 눈빛을 받으며 태연하게 연지의 얼굴과 몸을 두루 세심하게 살폈다.

그리고는 고개를 끄덕이면서 다시 연지의 궁둥이를 툭툭 부드럽게 두드렸다.

"음, 그렇군. 이만하면 시집보내도 되겠네."

그는 곧 고개를 모로 꼬았다.

"그런데 지아가 이렇게 잘 자랐으니 대체 어떤 사내가 지아의 짝이 될 수 있겠는가?"

연풍은 의미심장한 표정으로 물었다.

"그렇게 생각하나?"

태무량은 고개를 절레절레 가로저었다.

"내가 보기엔 천하의 어느 사내도 우리 지아의 짝으로는 부족할 것 같네."

연풍은 고개를 끄덕이며 공감한다는 표정을 지었다.

"오가기린(吾家麒麟)이라지만 내가 생각하기에도 그런 것 같다네."

그는 곧 난감한 표정을 지었다.

"그런데 말일세, 지아는 이미 마음속으로 정해놓은 사내가 있는 모양일세."

태무량은 뜻밖이라는 듯 눈을 둥그렇게 떴다.

"그런가? 그래, 대체 그 복 많은 사내가 누군가?"

수월화와 연지, 옥령은 설마 하는 표정을 지으면서도 손에

땀을 쥐었다.

연지는 연신 자신의 궁둥이를 두드리고 또 쓰다듬는 태무랑의 손길을 피하지 않은 채 얼굴을 붉히며 고개를 푹 숙이고 있었다.

연풍은 주먹을 입에 갖다 대고 헛기침을 했다.

"험! 그게 말일세. 그 사내가 워낙 대단한 인물이어서 우리 지아를 눈에 들어하지 않을까 봐 걱정이네."

태무랑은 말도 안 된다는 듯 주먹을 쥐고 호기있게 허공에 흔들었다.

"아무리 대단한 사내라고 해도 지아에 비교할 수는 없네. 지아가 마음에 두고 있다면 감지덕지해야지 무슨 헛소리를! 도대체 그자가 누군가?"

"알아서 뭐하겠나?"

연풍은 씁쓸한 표정을 지었다.

"지아가 그 사내를 마음에 두고 있다는 사실을 알고 나서부터 내 속이 다 썩어버렸네. 오르지도 못할 나무는 올려다보지도 말아야 하는데… 저 녀석이 그 사내가 아니면 죽을 때까지 혼인을 하지 않겠다고 고집을 부리고 있으니……."

"이런, 대체 어떤 놈이!"

태무랑은 즐거운 술자리라는 것도 잊은 듯 주먹을 불끈 쥐며 울컥했다.

그는 다시 연지의 궁둥이를 두드리며 달래주었다.

"지아, 세상에 남자는 무수히 많단다. 그런 놈한테 미련 두지 말고 삼촌과 함께 다른 남자를 찾아보자꾸나. 응?"

연지는 우수가 짙게 깃든 눈빛으로 태무랑을 바라보았다.

"태 숙."

"으… 응?"

그녀의 눈빛 때문에, 그리고 갑자기 그녀가 너무 아름답게 보여서 태무랑은 떨떠름하게 대답했다.

"세상에 여자는 무수히 많은데 태 숙께선 왜 유독 숙모들을 사랑하고 계시죠?"

"거야… 사랑하니까 그런 거지."

"저도 그래요. 세상에 남자는 많지만 제가 사랑하는 사내는 오로지 그분뿐이에요."

그렇게 말하는 연지의 크고 검은 두 눈에 눈물이 가득 차오르더니 주르르 뺨을 타고 흘렀다.

"이런, 지아."

태무랑은 그녀가 측은해서 등을 쓰다듬다가 갑자기 번쩍 안아 자신의 무릎에 앉혔다.

그녀가 아무리 키가 크다고 해도 태무랑에 비하면 머리 하나 차이가 나고 체구는 가냘프기에 태무랑 무릎에 꽃 한 송이를 올려놓은 듯했다.

태무랑은 다른 뜻은 없다. 그녀가 연지라는 사실을 알고는 예전 꼬마 때처럼 무릎에 앉혀서 삼촌으로서 달래주려는 것 뿐이다.

하지만 그 행동을 아무렇지도 않게 여기는 사람은 태무랑 자신뿐이다.

수월화 등 세 여자와 연풍 등 다섯 남자는 제각기 의미있는 표정으로 그의 행동을 주시하고 있다.

"울지 마라. 응? 삼촌이 너 해달라는 것 다 해줄 테니까 뚝 그쳐라."

예전에도 연지를 몹시 귀여워했던 태무랑이라서 그녀가 슬프게 울자 당황하면서도 가슴이 아팠다.

"태 숙."

연지는 울면서 방향을 약간 틀어 태무랑을 바라보았다.

"그래, 말해봐라."

그는 자신의 허벅지에 앉은 연지의 궁둥이에 손을 얹은 채 맘씨 좋은 삼촌의 표정을 지었다.

"소녀가 사랑하고 있는 사내는 바로 태 숙이에요."

"오냐. 그 녀석을 내가 끌고 와서 혼쭐을 내주마."

수월화 등은 기어코 올 것이 왔구나 하는 표정을 짓는데, 연지가 말하는 '태 숙'이 설마 자신일 줄은 꿈에도 생각하지 못하는 태무랑은 그녀의 궁둥이를 쓰다듬으며 온화하게 달래

주었다.

"자, 삼촌이 약속하마."

태무랑은 연지의 얼굴에 제 얼굴을 가까이 가져가며 입을 뾰족하게 내밀었다.

예전에 그는 연지가 말을 잘 듣거나 심부름을 잘하면 소위 '귀 잡고 뽀뽀'를 자주 했다. 지금도 그것과 다를 바 없는 행동인 것이다.

하지만 예전의 어린 연지가 아닌 성숙한 연지는 얼굴이 빨개지고 가슴이 심하게 두근거렸다.

그녀는 태무랑의 입술이 자신의 입술에 닿자 촉촉한 입술을 나풀거리며 말했다.

"소녀가 사랑하는 사내는 바로 당신 태 숙이에요."

그녀가 말을 하자 입술이 태무랑의 입술에 비비듯이 스쳤다.

"……."

태무랑은 멍한 표정을 지었다. 하지만 곧 유쾌하게 웃으면서 연지를 바짝 끌어안고 입맞춤을 했다.

"하하하! 알았다! 삼촌이 너를 책임지마!"

책임지고 시집을 보내주겠다는 뜻이다.

연지는 뭐라고 표현하지 못할 정도로 아름다운 두 눈을 깜빡거렸다.

"정… 말인가요?"

"아무렴."

그렇게 말해놓고서 태무랑은 방금 연지가 했던 말을 그제야 이해했다.

"그러니까 네가 날 사랑한다고?"

"네."

"하하하! 얘가 무슨 소리를……."

"태 숙이 받아주지 않으시면 죽을 거예요."

연지는 태무랑의 허벅지에 앉아 반 뼘 거리에 있는 태무랑의 얼굴을 똑바로 주시했다.

그때 태무랑은 느꼈다. 연지의 말이 단지 협박이 아니라 진심이라는 사실을 그녀의 절절한 표정을 보고 깨달았다.

"너……."

"태 숙……."

와락!

연지는 뼈가 없는 듯 태무랑의 가슴에 쓰러지며 흐느꼈다.

"태 숙께서 소녀를 받아주시지 않는다면 차라리 태 숙 손으로 소녀를 죽여주세요."

'잘한다! 내 딸!'

연풍은 탁자 밑으로 주먹을 불끈 쥐었다.

반면에 수월화와 벽교상, 옥령은 내심 똑같은 신음을 흘리고 있었다.

'강적이다!'

그때 태무랑이 연지를 떼어내며 슬쩍 밀자 그녀는 바닥에 엉덩방아를 찧었다.

"지아, 너는 내 조카일 뿐이다."

"아……."

태무랑은 엄한 표정을 지으며 꾸짖었다.

"방금 들은 말은 못 들은 것으로 하겠다. 다시 한 번 그런 쓸데없는 말을 하면 다시는 너를 보지 않겠다."

연지는 두 손으로 바닥을 짚은 채 흐르는 눈물을 주체하지 못하고 그를 바라보았다.

그녀의 그런 모습은 천하의 어떤 사내라도 견딜 수 없을 만큼 슬퍼 보였다.

"알았어요. 태 숙 말씀에 따르겠어요."

슥─

그 순간 그녀는 재빨리 오른손을 입으로 가져갔다.

하지만 태무랑이 그녀의 손목을 재빨리 움켜잡았다. 그러자 손바닥에 있던 작은 종이가 허공으로 떠올랐다가 펼쳐지면서 흰 가루가 뿌려졌다.

치지이, 치이…….

순간 흰 가루가 닿은 탁자와 그릇 등이 푸른 연기를 뿜으며 타들어갔다.

그로 미루어 지독한 독약, 아니, 극약이 분명했다. 그것을 연지가 삼키려고 했던 것이다.

태무랑에게 손목이 잡힌 연지는 두 눈에 눈물과 슬픔, 원망을 담고 그를 바라보았다. 받아들이지도 않고 죽지도 못하게 한다는 뜻이다.

태무랑은 처연하게 중얼거렸다.

"지아, 네가 이런다고 달라질 건 없단다."

수월화와 벽교상, 옥령은 그가 진심 어린 표정으로 연지를 달래는 것을 보고 마음이 크게 움직였다.

태무랑은 연지가 이처럼 비장한 심정이라면 지금이 아니더라도 언제든 마음만 먹으면 자결할 수 있다는 것을 안다. 더구나 그녀는 거절당하면 죽겠다고 공언한 상태다.

그리고 두 번, 세 번 거듭하면서 죽겠다고 협박하는 여자보다는, 연지처럼 아무 말도 하지 않는 여자가 진짜 무섭다는 사실은 모두 잘 알고 있다.

"네가 죽는다고 해도 어쩔 수가 없구나."

그러나 태무랑은 고개를 절레절레 흔들더니 벌떡 일어나서 성큼성큼 입구 쪽으로 걸어갔다.

"태 숙……."

안타깝게 태무랑의 뒷모습을 바라보는 연지의 아름다운

얼굴에 죽음의 그림자가 짙게 드리워지는 것을 발견한 사람은 비단 수월화 등 세 여자뿐만이 아니었다. 연풍 등은 가슴이 철렁 내려앉는 표정이다.

그런데 더없이 슬픈 표정을 짓고 있는 연지의 머릿속을 은은하게 울리는 태무랑의 말소리가 있었다.

'지아, 결정권은 수월화 숙모에게 있단다. 내가 아니라 그녀에게 매달려야지.'

순간 연지의 눈 깊은 곳에서 반짝 기광이 번뜩였다.

"으흐흑! 나처럼 쓸모없는 여자는 죽어야 해요!"

그녀는 갑자기 수월화 쪽으로 쓰러지면서 탁자에서 젓가락 하나를 집어 세차게 자신의 목을 찔러갔다.

콱!

"안 돼!"

소스라치게 놀란 수월화가 번개같이 연지의 젓가락을 쥔 손목을 움켜잡았다.

무공을 전혀 모르는 연지의 행동이 아무리 빠르다고 해도 일류고수 이상인 수월화가 제압하지 못할 리가 없다.

연지는 손목이 잡힌 채 처절하게 몸부림쳤다.

"숙모, 제발 죽게 내버려 두세요! 흑흑흑! 너는 더 이상 살고 싶지 않아요!"

수월화는 연지를 붙잡은 채 안쓰러운 표정으로 그녀를 바라보다가 저만치 입구 쪽에 우뚝 서 있는 태무랑 뒷모습을 바라보았다.

그리고는 연지의 손을 놓으며 온화한 표정을 지었다.

"지아, 그렇게 무랑가를 사랑하느냐?"

"네…… . 으흐흑!"

태무랑이 뒤돌아보며 벌컥 화를 냈다.

"령아! 무슨 소리를 하는 거야? 누구라도 날 사랑하기만 하면 다 받아들일 셈인가?"

수월화는 안타까운 표정을 지었다.

"하지만 무랑가, 당신은 지아가 죽기를 원하세요?"

"음…… ."

태무랑은 대답을 하지 못하고 얼굴을 일그러뜨렸다.

수월화는 워낙 강경하게 나오는 태무랑을 달래느라 애썼다.

"무랑가께서 지아를 어여삐 봐주도록 하세요. 사람의 인연이란 함께 지내다 보면 자연스럽게 싹트게 마련이에요. 저희도 열심히 지아를 돌보겠어요."

벽교상과 옥령은 열심히 고개를 끄덕였다. 수월화를 닮아서 그녀들도 정말 착한 성품을 지녔다.

그러나 태무랑은 눈을 부릅뜨고 잠시 연지를 쏘아보다가 찬바람이 일도록 홱 몸을 돌려 걸어나갔다.

"나는 모르겠다!"

수월화와 벽교상, 옥령은 난데없이 새 여자를 맞아들이게 되었으나 태무랑의 지나칠 정도로 강경한 태도를 보고는 적잖이 마음이 놓였다.

더구나 연지는 모르는 사이도 아니고, 착하기로 치면 세상 천지에 연지만 한 여자도 없을 것이다. 그러므로 자신들하고 잘 지낼 수 있을 것이라고 생각했다.

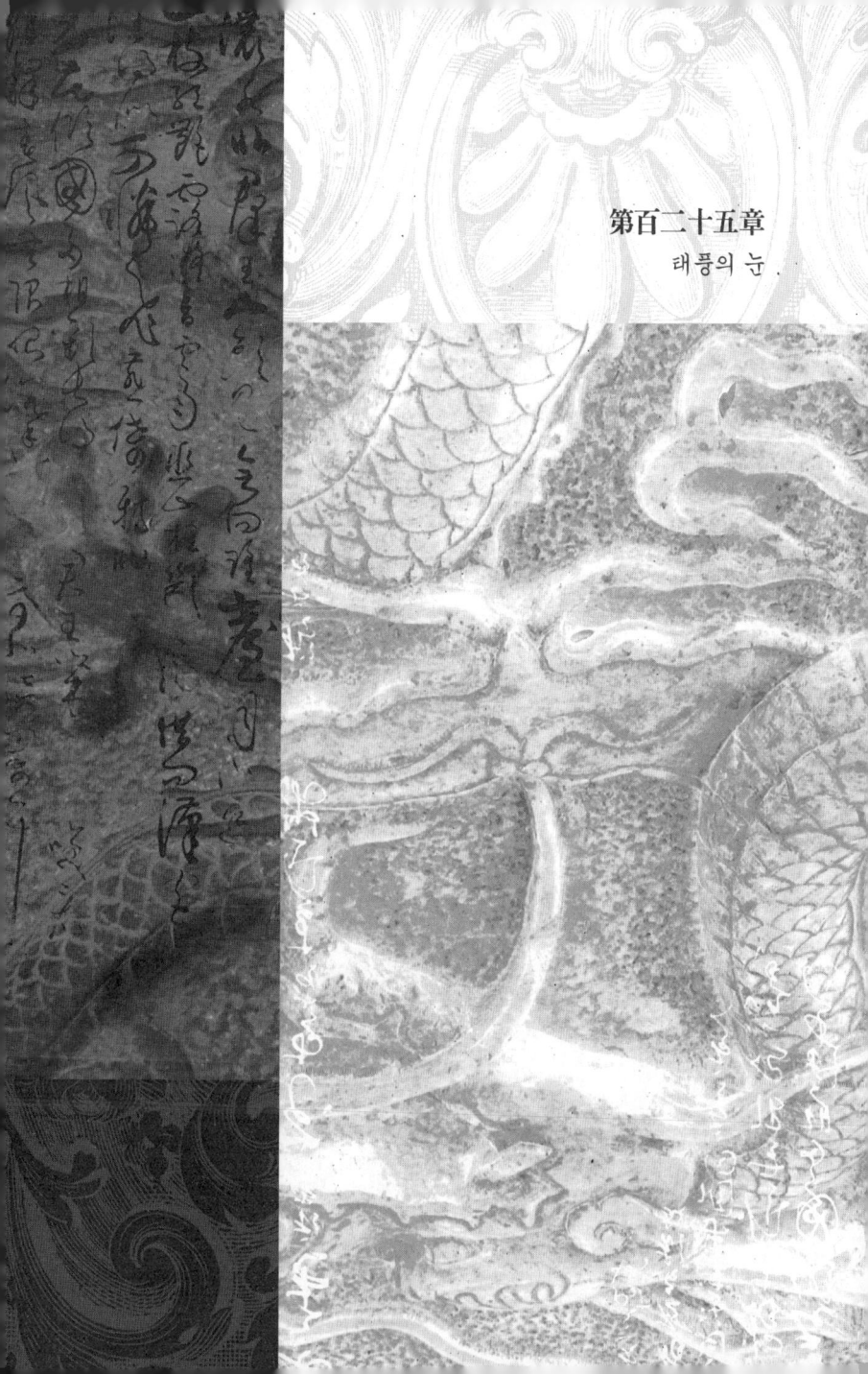

第百二十五章
태룡의 눈

꿀꺽.

태무랑은 자신도 모르게 마른침을 삼켰다.

수월화의 나신은 부드러우면서 따스하고 또 포근하며, 벽교상은 팽팽하고 탄력적이며, 옥령은 미끈하면서도 촉촉한 몸매를 지녔다.

그런데 그가 지금 보고 있는 연지의 나신은 세 여자의 장점을 모두 갖추고 있었다.

그뿐만 아니라 그녀들이 갖고 있지 않은 것, 풋풋함과 싱싱함까지 지니고 있다.

사실 태무랑은 조금 전 연지가 옷을 벗기 전까지만 해도 그녀를 그저 조카딸이나 몇 년 전에 봤던 소녀 정도로만 생각했다.

그래서 그냥 그녀를 품에 안고 도닥거리면서 자야겠다고 마음먹었다.

그런데 막상 연지의 나신을 보자 자신도 모르게 입안에 침이 바싹 말랐으며, 음경이 그 어느 때보다 힘차게 불끈 솟구치는 것이 아닌가.

남자와 남자끼리의 관계는 오로지 나이와 신분에 의해서만 좌우된다.

하지만 남녀 간의 관계는 아무리 나이 차가 많고 신분이 극과 극이더라도 연인이나 부부로 맺어질 수 있다는 세상 이치가 과연 맞는 듯하다.

방금 전까지만 해도 조카딸로만 여겼던 연지건만, 지금 태무랑은 그녀를 보고 강한 성욕을 느끼고 있다.

어쩌면 연지를 네 번째 부인으로 받아들였고, 이 자리가 수월화 등 세 명의 아내가 만들어준 공인된 첫날밤이라서 마음이 편안해졌기 때문인지도 모른다.

태무랑은 자신이 언제 옷을 모두 벗었는지도 모른다. 그리고 어느새 눈부신 연지의 나신을 안고 침상 위로 쓰러졌는지도 알지 못했다.

연지는 첫날밤이라는 것 때문에 두려움에 오들오들 가련

할 정도로 몸을 떨었다.

그러면서도 태무랑의 품에 안겨서 그의 거친 콧바람을 쐬면서 용기있게 입을 열었다.

"삼촌······."

"응?"

그의 아내가 됐으면서도 그녀는 '태 숙'보다는 조금 더 친근한 '삼촌'이라는 호칭을 쓰고 있다.

무슨 말을 하려는 것인지 그녀의 얼굴이 새빨개졌다.

"저기······."

"어서 말해라."

"삼촌의 아내가 되면 삼촌을 기쁘게 해드리려고··· 소녀가 남몰래 열심히 배워둔 것이 있거든요?"

"무엇을?"

연지는 그의 가슴에 얼굴을 묻었다. 태무랑의 딱딱한 그 무엇이 아까부터 자꾸만 그녀의 아랫배와 사타구니를 쿡쿡 찌르고 있었다.

"방··· 중술(房中術)··· 이에요."

태무랑은 적잖이 놀라는 표정을 지었다.

"네가 방중술을?"

연지는 용기를 냈다.

"네······. 그러니까 삼촌께서는 가만히 누워 계세요. 소녀가 배운 대로 해볼 게요."

연지는 태무랑에게 똑바로 누우라고 수줍게 말했다.

"그… 럴까?'

연지는 정말 훌륭한 방중술을 배운 듯했다. 그날 밤에 태무랑은 열 번 이상 까무러쳤다.

*   *   *

태무랑은 남경을 거점으로 삼기로 결정했다.

그는 남경 하관포구의 금오장에서 열흘 동안 머무르면서 휴식을 취하며 앞으로의 계획을 세웠다.

우선 그는 하관포구에서 멀지 않은 읍강포구(挹江浦口) 근처에 장원을 한 채 구했다.

남경 남쪽에 있는 석구호(石臼湖)에서 발원하여 북쪽으로 흐르는 진회하(秦淮河)는 남경에 이르러 두 줄기로 갈라져서 그중에 작은 한 줄기는 남경 성안을 가로지르고, 또 한 줄기는 성 남쪽과 서쪽, 북쪽을 차례로 휘돌아서 장강으로 합류한다.

그 진회하의 하류가 장강으로 합류하는 지점의 강 서북쪽에 있는 것이 하관포구이고, 강 남동쪽에 위치한 것이 읍강포구다.

그러니까 두 포구는 진회하와 장강이 합류하는 지점에 마주 보고 위치해 있다.

또한 진회하가 남경성 외곽과 성내를 두루 휘돌고 또 관통하므로 배를 타고 가지 못하는 곳이 드물다.

두 번째로 태무랑은 되도록 많은 배를 구입하여 읍강포구에 정박시켰다.

무령왕이 점차 기반을 되찾고, 소천군의 절정문이 다시 일어나서 고수들을 파견하게 될 때를 대비해서 기동력을 갖추려는 것이다.

읍강포구에서 배를 띄우면 장강을 통해서 바다로 나가는 것은 물론 운하를 이용하여 제남과 북경까지 손쉽게 갈 수 있다.

그러므로 읍강포구에 배를 갖고 있다는 것은 사람이든 물자든 어디든지 운송할 수 있다는 장점을 지니고 있다.

세 번째, 태무랑은 자신을 비롯한 측근들과 소천군을 비롯한 절정문 고수들의 목표를 화명군과 단유천, 무극신련을 붕괴시키는 것으로 정했다.

그리고 무령왕의 세력과 구대문파를 위시한 무적신룡맹이 자금성을 전복시키고 무령왕을 새로운 황제로 등극시키는 것을 목표로 삼았다.

아울러서 태무랑은 자신의 측근들을 모두 정예화(精銳化)하기로 마음먹었다.

일류와 이류고수는 절정고수로, 절정고수는 초절고수로 변화시키는 데 심혈을 기울였다.

그는 측근 모두를 생사현관의 소통, 탈태환골, 벌모세수를 시켰으며 오행지기와 천원신기를 주입시켰다.

그 결과 초절고수 반열에는 벽교상과 비한, 옥령, 수월화, 미봉, 한천궁주의 순서로 올랐다.

그들 여섯 명에게는 천원신기를 주입했다. 태무랑의 천원신기는 마르지 않는 샘과 같아서 퍼내도 퍼내도 끝이 없다.

그 아래가 절정고수인데 봉화일선, 미료, 청미, 우경도 등이 포함되었다.

맨 아래 절정고수와 일류고수의 중간급에는 형구와 맹오, 군통, 철완개, 그리고 무령왕가 시절에 태무랑의 직속 심복이었던 두 사람, 즉 검호와 명운이 올랐다. 이들 모두는 오행지기를 자유자재로 사용하는 수준이 되었다.

읍강포구가 한눈에 보이는 거리에서 가장 큰 장원의 주인이 바뀌었다.

주인만 바뀐 것이 아니라 장원 이름도 '연지장(淵芝莊)'으로 고쳐졌다.

어떤 사내가 새로 맞이한 네 번째 부인의 이름을 따서 장원 이름을 지었다는 얘기가 있었다.

연지장은 표면적으로는 읍강포구에 기반을 두고 상단을 새로 시작한 단주의 거처라고 알려져 있다.

연지장에서 오십여 장 거리에 있는 읍강포구에 연지장 소유의 배들이 즐비하게 정박해 있는 것이 그것을 입증했다.

　이 상단의 이름은 '연지상련(淵芝商聯)'이라고 한다. 장원에 이어서 상단의 이름도 '연지'라는 이름을 사용하는 것을 보면, 연지장과 연지상련의 실질적인 소유주라는 사내는 네번째 부인을 정말로 사랑하고 있는 듯했다.

　연지장 바로 옆에는 연지장보다 세 배 정도 더 큰 규모의 장원이 있는데 이곳이 바로 연지상련이다.

　연지장과 연지상련으로 많은 사람들이 부지런히 드나들고 있는데 모두들 장사치나 일꾼의 복장을 했으며, 더러는 상인(商人) 차림을 한 사람들도 눈에 띄었다.

　연지장은 삼십여 채의 전각으로 이루어져 있으며, 연지장의 중요 인물들은 주로 뒤쪽 후원에 위치한 삼 층 전각에 기거하고 있다.

　연지상련에 출입하는 사람들은 장사에 관계되는 장사치들이 대부분이지만, 연지장에 드나드는 사람들은 무령왕 쪽이나 절정문 쪽 사람들이다.

　연지장 후원의 삼 층 전각은 아홉 사람만이 기거하고 있으며, 바로 태무랑과 네 명의 부인, 그리고 미료와 한천궁주, 봉화일선과 청미다.

태무랑과 네 명의 부인은 삼층에서 생활하고 있으며, 이층
에는 미료와 한천궁주, 봉화일선, 청미가 생활하면서 태무랑
등을 보필하고 있다.

또한 이층은 휴식을 취하는 편좌방이나 손님을 맞이하는
접객실, 식당과 여러 개의 방 등이고, 일층은 하녀들의 거처
로 나뉘어져 있다.

지금 태무랑은 네 명의 부인과 함께 삼층에서 아침 식사를
하는 중이다.

이들은 대부분의 생활을 삼층에서만 하고 있다. 무령왕 쪽
이나 절정문 쪽에서 손님이 오면 이층에서 맞이하고, 삼층에
는 미료 등과 하녀들만 출입할 수 있다.

태무랑과 네 부인은 자신들의 생활이 방해받지 않기를 원
하기 때문이다.

이들 다섯 사람이 식사를 하고 있는 탁자는 둥글다. 어딜
가나, 그리고 어디에 앉으나 태무랑 좌우는 벽교상과 수월화
의 부동의 자리다. 그것은 네 여자들 간의 불문율이다.

그리고 수월화 옆에 연지가, 벽교상 옆에는 옥령이 앉았다.

네 여자는 친자매 이상으로 친하다. 그녀들은 서로를 위해
서라면 목숨이라도 기꺼이 내놓을 정도다. 그러므로 질투 따
위가 존재할 리가 없다.

그녀들이 서로 질투하지 않고 화목하게 지낼 수 있는 데는

수월화의 역할이 컸다.

또한 모두들 수월화의 말이라면 무조건 따르기 때문에 불화가 일어날 수가 없다.

더구나 태무랑을 비롯한 다섯 사람은 무엇이든 함께한다. 식사는 물론이고 어딜 가도 함께 가고 심지어 잘 때도 다섯 사람이 한 침상에서 함께 잔다.

태무랑도 그것을 원하지만 사실은 수월화의 방침이다. 그녀는 네 여자 중에서 어떤 여자도 소외되거나 특별대우를 받는 것을 원하지 않는다.

그리고 더 중요한 것은, 태무랑이 매일 밤 네 여자를 고루 만족시켜 준다는 사실이다. 그것이 가장 중요하다.

네 여자가 협력하여 태무랑을 기쁘게 해주면, 그는 한 여자씩 차례로 돌아가면서, 혹은 한꺼번에 네 여자 모두를 너무 좋아서 눈물을 펑펑 흘리도록 황홀경에 빠뜨린다.

네 여자 각자는 자신이 소외되거나 다른 여자에 비해서 덜 만족했다고 생각하지 않는다. 그만큼 태무랑이 공평하게 사랑을 베풀기 때문이다.

그러므로 네 여자끼리 서로 질투할 일도 못되게 구는 일도 있을 수가 없다.

그런데 연지는 태무랑과 첫날밤을 보낸 지 열흘이 지났는데도 아직까지 그를 '삼촌'이라 부르고 세 여자에겐 '숙모'

라 부르고 있다.

'무랑가' 나 '아무개 언니' 라 부르라고 해도 그 호칭이 당최 입에 붙지를 않는 모양이다.

그래서 자연스럽게 입에서 나올 때까지 기다리자는 쪽으로 의견을 모아 내버려 두고 있는 형편이다.

이들 일남 사녀의 식사 시간은 진풍경이다. 서로의 밥그릇에 맛있는 요리를 올려주느라 바쁘다.

주로 네 여자가 태무랑의 식사를 챙겨주는 것이 중점이지만, 네 여자끼리도 세세한 것까지 일일이 챙겨주는 모습은 보기에 좋았다.

태무랑의 입가에서는 미소가 떠나질 않았다. 그에게 있어서 요즘은 정말 꿈처럼 행복한 나날이다.

여북하면 모든 것을 다 잊어버리고 그냥 이렇게 살고 싶다는 생각마저 들겠는가.

네 여자도 모두 너무 행복해서 입이 귀에 걸려 있었다. 네 여자 각자가 하나같이 애틋한 사연을 지니고 있으며, 태무랑하고 기적적으로 맺어졌기 때문에 더욱 그러했다.

특히 뒤늦게 태무랑의 여자 대열에 합류한 연지의 경우에는 더욱 행복에 겨워했다.

수월화와 벽교상, 옥령이 태무랑하고 각별한 우여곡절을 겪으면서 맺어졌다는 것은 주지의 사실이다.

반면에 연지는 어느 날 갑자기 태무랑의 부인이 된 듯한 인상이 깊다.

하지만 그녀는 태무랑을 처음 만났던 사 년여 전부터 그를 남몰래 사모하고 있었다.

그녀는 열네 살 때 처음 태무랑을 보는 순간 네 살 연상인 그를 한눈에 사랑하게 되었다. 그것이 벌써 사 년 전의 일이다.

이후 연지는 틈만 나면 그와 함께 지내려고 노력했으며, 어떻게 해서든 그의 눈에 들려고 애썼다.

하지만 태무랑은 그녀를 어린 조카로만 여겼기에 자신을 한 명의 여자로서 보이게 하려고 발버둥치는 연지의 노력은 눈물겨울 수밖에 없었다.

태무랑의 뒤엔 언제나 그랬듯이 미료가 그림자처럼 서 있다.

그녀는 태무랑과 네 여자가 행복한 모습을 보면서도 만성이 된 듯 태연한 표정이다.

그때 이층에서 청미가 한달음에 달려 올라오며 소리쳤다.

"오라버님! 풍개 오라버니가 오셨어요!"

청미는 과거 경뢰궁주의 제자 시절부터 태무랑을 오라버니라고 불렀다.

"풍개가? 어서 이리 안내해라!"

태무랑은 기쁜 표정으로 벌떡 일어섰고, 네 여자도 일제히 일어섰다.

신풍개는 볼일을 보러 멀리 떠나 있다가 오랜만에 남경에 돌아와서 천지개벽의 소식을 접했다. 태무랑이 돌아왔다는 사실을 알게 된 것이다.

우당탕! 쿵쾅!

계단이 무너지는 듯한 요란한 소리가 들리더니 곧 평범한 경장 차림을 한 동글동글한 모습의 신풍개가 삼층에 나타났다.

개방이 멸문한 후 그는 거지 옷을 입지 못하고 경장 차림을 하고 있었다.

"으허헝! 태 형!"

신풍개는 계단 위에서 태무랑을 발견하자마자 울음을 터뜨리면서 쏜살같이 달려왔다.

"풍개!"

태무랑이 마주 다가가며 두 팔을 활짝 벌리자 신풍개는 집 잃은 어린 강아지가 어미 품으로 찾아들 듯 그의 품속으로 뛰어들었다.

"으허엉—! 이 친구야! 살아 있었구나! 크허헝—!"

신풍개는 눈물콧물을 마구 흘리면서 태무랑을 부둥켜안고 기뻐서 어쩔 줄을 몰랐다.

"반갑다, 풍개."

태무랑도 콧날이 시큰해서 그를 얼싸안고 연신 등을 쓰다듬어 주었다.

그 모습을 지켜보고 있는 네 명의 부인과 미료, 청미, 그리고 언제 올라왔는지 한천궁주와 봉화일선도 둘러서서 모두들 눈물을 흘렸다.

여자라서가 아니라 그녀들 모두 생사고락을 함께 겪고 나누었기 때문에 소중한 사람과의 이별의 아픔과 생사를 모르는 안타까움을 누구보다도 절절하게 잘 알고 있기 때문이다.

신풍개는 한 번 태무랑에게 들러붙더니 도통 떨어질 줄을 몰랐다.

마치 그가 태무랑의 다섯 번째 부인이라도 된 듯 찰싹 달라붙어서는 계속 눈물콧물을 흘리면서 어린아이가 아버지에게 뭔가를 이르듯 자신이 얼마나 애가 탔으며 태무랑을 보고 싶어 했는지 미주알고주알 떠들어대느라 입에서 침을 튀겼다.

"제수씨!"

그다음은 수월화 차례다. 신풍개는 태무랑의 생사를 가장 궁금하게 여겼지만 수월화도 마찬가지다.

그는 수월화를 얼싸안고 그녀의 어깨에 눈물을 쏟으면서 감격에 겨워했다.

"끄허엉! 제수씨! 얼마나 고생이 막심했소! 이 못난 풍개가 제수씨에게 추호도 보탬이 되지 못하고 애만 태웠소!"

수월화도 그를 안고 등을 토닥이며 함께 울어주었다.

태무랑의 여자들이 가장 스스럼없이 대하는 사람이 아마

도 신풍개일 것이다.

　그가 수월화를 안아도 태무랑이나 수월화 자신은 아무렇지도 않게 여겼다. 그만큼 허물없는 사이라는 것이다.

　잠시 후에 수월화가 신풍개를 떼어놓자 그는 이번에는 옥령을 쳐다보며 펑펑 울었다.

　"옥령, 무사했구려."

　"네."

　옥령도 같이 울었다. 그러면서 신풍개가 자신을 안는 것을 내버려 두었다. 아니, 그를 마주 안고서 등을 쓰다듬어 주기까지 했다.

　"미안하오, 옥령. 예전에 내가 심하게 굴어서……. 그것 때문에 너무 많이 후회했다오."

　예전 옥령이 무령왕가에서 태무랑의 몸종이었던 시절 신풍개는 그녀가 옥령이라는 사실을 처음 알고는 반죽음을 당할 정도로 흠씬 두들겨 팼던 적이 있다.

　신풍개의 눈물은 그칠 줄을 몰랐다. 그는 옥령에게서 떨어지더니 이제는 벽교상에게 안기려고 두 팔을 내밀며 눈물을 펑펑 흘리며 다가들었다.

　"그만해, 음탕한 거지."

　뜨악!

　벽교상이 냉랭한 얼굴로 손가락을 슬쩍 가볍게 퉁기자 지풍이 쏟아지며 신풍개 이마빼기에 정통으로 적중되었다.

"끄아악!"

신풍개는 머리가 빠개지는 고통에 머리를 감싸 쥐고 바닥을 데굴데굴 구르면서 돼지 멱따는 비명을 질러댔다.

은근슬쩍 벽교상까지 안아보려던 그는 제대로 임자를 만난 것이다.

아직 식전인 신풍개는 태무랑네 점심 식사에 합석했다.

그는 태무랑 소식을 알아보고 또 뿔뿔이 흩어진 개방 제자들을 모으기 위해서 넉 달쯤 전에 남경을 떠났었다.

"지난 넉 달 동안 이곳 강소성과 절강성, 안휘성 곳곳을 돌아다니면서 흩어져 있던 개방 제자들을 모아봤네. 모두 합쳐봐야 기껏 백칠십여 명으로 수는 많지 않지만 개방 제자들을 모았다는 것이 중요하다고 보네."

신풍개는 밥과 요리를 잔뜩 입안에 쑤셔 넣고 씹으면서 말을 이었다.

"그렇다고 한곳에 모은 것은 아니고, 일단은 유사시에 연락이 닿을 수 있게만 해놓았네. 어쨌든 그들도 먹고살아야 하니까 말이야."

그의 말에 의하면, 개방 제자들은 개방이 멸문한 후에 산지사방으로 뿔뿔이 흩어져서 신분을 감춘 채 먹고살기 위해서 이것저것 아무 일이나 하고 있다는 것이다.

신풍개가 발품을 팔아서 그들을 찾아내기는 했지만 그들의 의식주를 책임질 수 없는 입장이라서 하고 있는 일을 그만두게 하지도, 한 장소에 모을 수도 없었다는 것이다.

그는 넉 달 전에 우경도에게 은자 백 냥 정도를 빌려서 여행을 떠났기 때문에 혼자 쓰기에도 풍족하지 않았다.

하지만 그는 갖고 있던 은자를 어려운 처지에 있는 개방 제자들을 만나는 족족 다 나누어 주고 자신은 걸식을 하다시피 여행을 했다.

"풍개, 네가 다시 개방을 일으켜 봐라."

"태 형이 도와줄 건가?"

태무량의 말에 신풍개는 반색을 했다.

"물심양면 도우마."

"고맙네, 태 형."

"우선 이곳 남경과 항주, 합비에 장원을 한 채씩 구입해서 개방 분타로 삼고 그 지역의 개방 제자들을 모두 그곳으로 불러 모으는 것이 좋겠다."

"먹고 자는 것만 해결되면 당장에라도 가능하지!"

"누나."

태무량이 부르자 뒤쪽에 서 있던 한천궁주가 재빨리 그의 옆으로 다가왔다.

"풍개에게 은자 백만 냥쯤 줘."

"알았어."

태무랑의 돈은 한천궁주가 관리하고 있다. 현재 그의 돈은 모두 구주전장에 예탁해 놓은 상태인데, 그동안 이자가 많이 불어서 은자로 일억 오백만 냥쯤 됐다.

신풍개는 맨손으로 요리를 집어먹어서 기름과 양념이 범벅이 된 손으로 태무랑의 손을 덥석 잡았다.

"고맙네! 이야~ 부자 친구가 있으니까 좋긴 좋구나! 이제 돈 걱정은 하지 않아도 되겠어! 푸헷헷헷!"

연지장 전문 안으로 평범한 마차 한 대가 굴러들어 왔다.

전문이 굳게 닫히고 나서 마부석에 앉아 있던 청년이 내려 공손히 마차의 문을 열자 잠시 후에 세 사람이 내렸다. 풍채 좋은 노부부와 딸로 보이는 젊고 아리따운 여자였다.

그들은 하녀의 안내를 받아 장원 뒤쪽에 위치한 태무랑의 거처로 향했다.

소식을 접한 태무랑과 네 여자는 전각의 일층 대전 입구까지 나와서 그들을 맞이했다.

노부부와 젊은 여자가 전각 모퉁이를 돌아서 나오자 태무랑과 수월화가 쏜살같이 달려갔다.

"어머니―!"

"무랑가—!"

"령아!"

"연아!"

수월화의 모친과 태화연, 그리고 태무랑과 수월화는 서로를 부르면서 힘차게 안았다.

태화연과 수월화의 모친은 이 년여 전에 난리가 터지자 무령왕가의 측근들에 의해서 안전한 장소로 모셔졌었다.

그랬다가 이번에 무령왕과 비한이 무령왕가의 흩어진 세력을 찾으려고 둘러보는 과정에서 다시 만났던 것이다.

평범하게 보이는 마차로 무령왕 부부와 태화연을 모시고 온 사람은 물론 비한이다.

이들이 도착하여 반갑게 재회를 한 지 얼마 지나지 않아서 또 다른 한 무리가 연지장으로 들어섰다.

그들은 항주로 떠났던 소천군과 가빈인데, 소아상과 절정문 고수 몇 사람과 함께 연지장을 찾은 것이다.

이로써 태무랑을 위시한 측근 모두 연지장에 모이게 되었다.

오늘 남경 읍강포구의 연지장은 태풍의 눈이 되었다.

『무적군림』12권에 계속…

道德诗

춘부 新무협 판타지 소설
FANTASTIC ORIENTAL HEROES

천애
협로

『우화등선』, 『화공도담』의 뒤를 잇는
작가 촌부의 또 하나의 도가 무협!

무림맹주(武林盟主), 아미파(峨嵋派) 장문인(掌門人),
군문제일검(軍門第一劍), 남궁세가(南宮勢家)의 안주인.

그들을 키워낸 어머니─
진무신모(眞武神母) 유월향(柳月香)!

어느 날, 그녀가 실종되는데……,

"하, 할머니는 누구세요?"

무한삼진의 고아, 소량(少兩)에게 찾아온 기이한 인연,

세상과 함께 호흡을 나눌 수 있다면[天地同息]
천하의 이치를 모두 얻으리래[天下之理得]!

이제, 천하세일인과 그녀가 길러낸
마지막 자손의 이야기가 펼쳐진다!

Book Publishing CHUNGEORAM

유령이아닌 지유수준
WWW.chungeoram.com

SWORD SLAYER

소드 슬레이어

류연 판타지 장편 소설

FANTASY FRONTIER SPIRIT

그날로 돌아간 그 순간부터 입버릇처럼 붙은 한마디.
"생각해라, 아서 란펠지."

귀족 반란에 휘말린 채 죽어야 했던 기사, 아서 란펠지.
600년 전 마룡 카브라로 인해 봉인당한 세 용사의 영혼.
버려진 이름없는 신전에서 그들이 만났을 때
운명은 또 다른 전설의 서막을 알렸다!

소드 슬레이어!

힘없이 죽어간 모든 인연들을 위하여
무력하고 허망했던 어제를 딛고
멈추지 않는 오늘을 달려 내일을 잡아라!

위선에 가득찬 검들을 향해
여섯 번째 마나 소드, 에스카룬의 검이 질주한다!

Book Publishing CHUNGEORAM

유행이 아닌 자유추구 -
WWW. chungeoram.com

DEMON

FANTASY FRONTIER SPIRIT

홀로선별 판타지 장편.소설

제일좌

BLOOD

**성마대전, 그로부터 20년…
암흑은 스러지고 빛이 찾아왔다.
세상은… 그렇게 평화로워질 것만 같았다.**

전설의 블랙 울프를 다루는 영악한 소년 마로,
하루하루 강도 높은 훈련을 받으며
숙연의 500골드를 달성한 그날,
세상은, 신성(新星)을 맞이한다!

『기적』의 뒤를 잇는
홀로선별 작가의 또다른 이야기
『제일좌』

**어둠을 뚫고 솟을 빛이여,
하늘의 제일좌가 되어라!**

Book Publishing CHUNGEORAM

유행이 아닌 자유추구 -
WWW.chungeoram.com

정민교 新무협 판타지 소설
FANTASTIC ORIENTAL HEROES

낭인무사 浪人武士

2011년 대미를 장식할
준.비.된. 작가 정민교의 신무협이 온다!

『낭인무사(浪人武士)』

"죄수 번호 사천이백삼, 담운!"
"……!"
"출옥이다."

만두 하나.
고작 그 하나에 이십 년 옥살이를 한 소년, 담운.
그 답답하고 억울한 마음을 풀어낸다!

무림맹! 구대문파! 명문세가!
겉만 번지르르한 놈들은 다 사라져라!
겉과 속이 다른 너희들을 심판하러 내가 왔다!

Book Publishing CHUNGEORAM

유행이 아닌 자유추구 ―
WWW.chungeoram.com